北京外国语大学"双一流"建设项目成果

丛书主编
王克非　王颖冲

丛书编委（按姓氏拼音顺序排列）
金　莉　宁　琦　陶家俊　王炳钧　许　钧
薛庆国　杨金才　张　剑　赵　刚　郑书九　查明建

一个人 谁也不是 十万人

uno, nessuno
e centomila

[意大利]
皮兰德娄 著

许金菁 译

浙江大学出版社
· 杭州 ·

推　荐　语

皮兰德娄的长篇小说《一个人·谁也不是·十万人》令人想起了一则禅宗公案：未悟之前，看山是山；亲见之后，看山便不是山；得证之后，看山却依然是山。这位意大利小说家书写的也是人生的三重境界，尤其值得一提的是，他在书写世相人情的同时，从存在主义的哲性思考出发，灌注了一种戏剧的智慧。在对话、潜对话和具体的情境中展现生命的偶然、破碎、孤独和荒诞，以及向死而生的坚韧。

——汪剑钊（北京外国语大学外国文学研究所教授、诗人、翻译家）

《一个人·谁也不是·十万人》显然是一个需要反复阅读，也经得起反复阅读的文本，充分展现出了皮兰德娄作为现代主义开拓者的卓越才华和独特贡献。书中存在主义、精神分析、形而上思索、虚拟对话、内心独白、轻喜剧、超现实等手法的灵活运用，让评论者们很难对这部小说进行归类。我更愿称之为一部独具魅力的融合之作。对人性的发掘，对存在的勘探，对世界的叩问，使得这部小说弥散出一道道充满哲思、辨析和探究的光泽。即便在其出版已近百年的今天，阅读这部小说，依然能让我们感到回味无穷。

——高兴（《世界文学》主编、诗人、翻译家）

"万国文译"总序

文学是人类以语言文字为媒介，描述外部环境与事件、表达内心认识与情感的重要方式。各国的文学经典是世界共有的财富，但由于语言文字不同，读者理解和欣赏其他国家和民族的作品可能存在障碍，这时人们就要运用翻译这座沟通的桥梁。一百二十多年来，外国文学经由翻译大量引进中国，新思想、新气象、新题材、新方法随之而入，深刻影响了当时的中国社会。改革开放后，新一轮外国文学的译入，再一次迎合了思想解放的大潮和广大民众的精神需要。"二十世纪外国文学丛书""外国文学名著丛书"等一大批译丛相继推出，为中国读者打开了看世界的窗口，使之得以穿越时空与过去的文学大家对谈。与此同时，意识流、现代派、魔幻现实主义等文学流派和思潮也对中国当代文学的发展产生了重要影响。

没有翻译，就没有世界文学。这千真万确。但世界文学显然不只是英美等大国的文学。一百多年前，鲁迅先生第一次译介世界文学的集子《域外小说集》，就有许多篇章来自俄罗斯、波兰等东欧国家及北欧小国。但是纵观近百年以及改革开放以来的外国文学翻译作品，可以发现，我们关注的主要还是英语和几个通用语种，而对其他语种、其他民族的文学关注不够。许多国家的文学作品对中国读者来说还很陌生，除了专门的学者，人们很难说出许多非通用语种的作家或作品。这对于中国人民了解世界文学的多样性、领略不同文化的丰姿，沟通"一带一路"沿线国家的民心，无疑是一种缺憾。

北京外国语大学"一流学科"建设重大项目"世界文学经典译丛"正是在这样的背景下启动的。我们旨在推介富有思想性、文学性和民族代表性的经典著作，尤其是"一带一路"沿线国家那些鲜为人知的文学瑰宝。目前已出版和正在筹划中的书目之语种包括意大利语、丹麦语、阿塞拜疆语、罗马尼亚语、荷兰语、韩语、马来语、波斯语、尼泊尔语、僧伽罗语、乌尔都语、斯瓦希里语，以及英语、日语等。这套丛书是开放的，将持续吸纳新的语种、作家和作品，以契合丛书名称里的"万国"之意。推进这一宏大的文学翻译项目是北京外国语大学发挥专业特色与学科优势的使命，也体现出各语种译者和学者"注重翻译，以作借镜"的初心。

本丛书收录的作品，绝大部分来自中小国家，它们在本国拥有极高声誉，其作者被誉为该国的"鲁迅"或"老舍"，但是在世界文学的场域中处于边缘位置。对于这类世界文学的"遗珠"，我们愿意做"拾贝者"，让它们在当代中国绽放光彩。各国各民族的文学有赖于翻译为其他语种的读者民众所知悉，乃至成为世界文学经典的一部分，对文化多样性有着重要意义。丛书中也有一小部分出自知名作家，如狄更斯、夏目漱石等。他们的作品被广为译介，有的作品此前已有中译本。但语言是不断发展的，读者的审美需求也在变化，再好的译本历时几代之后也有必要重译。而且，经典著作必然有其复杂性和深邃性，多译本可以从不同视角诠释其内涵，让其释放出深厚的内在力量。

我们对入选译丛的作品，首先注重其文学意义，这些作品对于该国该民族该时代而言，有其特有的文学价值，并不都是已经被确立为经典的作品。文学翻译既是文本在空间上的传播和时间上的传承，也是一种演绎和建构——这种打造"准经典"的选择就更加考验出版社、编者和译者的远见、洞察力和勇气。感谢浙江大学出版社对我们这项工程的认可,以及对注重多语种翻译、传承各国文学的认真态度。

中华民族是一个包容、开放的学习型民族,数千年来一直从世界各国汲取文明的精髓。中国历史上多次思想、技术和文化的革命都伴随着翻译高潮而来。通过翻译,我们了解和学习了他国经验,也丰富和强大了自身。希望"万国文译"丛书能让今天的读者乐享、悦读,并为文学翻译、文化融通、文明互鉴贡献一份力量。

"万国文译"主编
2021 年 12 月

译者序

一、皮兰德娄生平

皮兰德娄于1867年生于西西里的阿格里真托（Agrigento），19世纪末的西西里，经济衰退，黑手党横行。皮兰德娄自小生活在一个封建的西西里家庭中，家境富裕。其父亲是一名大胆且有能力的硫黄经销商，但他对皮兰德娄非常严厉，并且很少与其交流。他的母亲卡泰丽娜·里奇·格拉米拓（Caterina Ricci Gramitto）常年受精神疾病的困扰，这使得母子间的交流也充满着尴尬和紧张。父亲曾希望他子承父业，成为一名商人，然而皮兰德娄自小对金钱就毫无兴趣，他仅仅期待一种舒适轻松的生活。19岁的皮兰德娄完成了阶段性的学习，回到家乡后，在矿井工作，但他很

快就意识到这份工作的残酷性和剥削性。于是，他于1887年进入罗马大学学习，后转到波恩大学，在那里完成了关于阿格里真托方言的语言学博士论文。

皮兰德娄的文学之路始于对歌德的《罗马挽歌》的翻译。他早期深受卡尔杜奇（Giosuè Carducci）的影响，开始创作诗歌。然而当回到罗马后，他又深受自然主义影响，开始致力于长篇和短篇小说的创作。1894年，他出版了第一部短篇小说集《没有爱的爱》（*Amore Senza Amore*）。同年，他与父亲合伙人的女儿安东涅塔·波尔图拉诺（Antonietta Portulano）结婚。皮兰德娄的妻子同样来自压抑的生活环境：安东涅塔的父亲强迫她隐瞒与另一个男人交往的事实，嫁给皮兰德娄。婚后，他们有了三个孩子，分别是斯特凡诺（Stefano）、列塔（Lietta）和福斯托（Fausto）。福斯托后来成为"罗马画派"的一名杰出画家，斯特凡诺成了一名剧作家和编剧，与皮兰德娄有过多次合作。

1997年，皮兰德娄开始在罗马师范学院（facoltà di Magistero di Roma）教授文体学，并在罗马居住了十五年。这十五年间，皮兰德娄的文学活动主要在以下三个方面。首先是艺术理论的创作。皮兰德娄于1908年出版了两部重要的艺术批评理论著作《幽默》（*Umorismo*）与《艺术与科学》（*Arte e Scenza*）。其次，皮兰德娄还创作了许多短篇，这些小说后来被集结成册，收录于《一年的短篇小说》（*Novelle per un anno*）中。最后，这些年间，皮兰德娄还有几部重要的长篇小说问世：如《被排斥的女人》（*L'esclusa*，1901）、《已故的帕斯卡尔》（*Il fu Mattia Pascal*，1904）、《老人与青年》（*I Vecchi e I Giovani*，1909）、《操作员塞拉菲诺·古比奥日记》（*Quaderni di Serafino Gubbio*，1916—1917）。

然而，在这期间，皮兰德娄的家庭生活受到了巨大的冲击。在短暂的幸福时光过后，妻子的精神日益脆弱。1903年，一场洪水袭击了这个本来就脆弱的家庭，矿井被淹导致了家庭经济的崩溃，妻子安东涅塔的精神也随之崩溃了。她偏执地相信皮兰德娄有性犯罪行为，并恐吓皮兰德娄和三个孩子。《已故的帕斯卡尔》正是在这样的背景下创作的，这部小说有太多的自传元素，帕斯卡尔的逃离也是皮兰德娄的一次精神出走。

皮兰德娄的长子斯特凡诺是一名文学专业学生、作家。他于1915年自愿参军作战，但在战争期间被奥匈帝国俘虏了。斯特凡诺上前线后不久，皮兰德娄又收到了母亲去世的噩耗。之后，第二个儿子福斯托也上了战场，还感染了肺结核。儿子的悲剧使得妻子的精神状况日益恶化。1919年，安东涅塔被送进了精神病院，皮兰德娄得以彻底摆脱精神错乱的妻子。但与此同时，妻子的离去也给皮兰德娄带来了巨大的痛苦，他搬出了与妻子一同构筑的居所。

1916年，皮兰德娄和西西里著名喜剧演员安杰洛·慕斯科（Angelo Musco）合作上演了《想想吧，贾科米诺》（*Pensaci Giacomino!*），开启了戏剧的创作生涯。随后又推出了方言版的《罗伊拉》（*Liolà*）。1917年，他再次与慕斯科合作，上演了《带响铃的帽子》（*Il Beretto a Sonagli*）和《罐子》（*La Giara*）。1917—1918年间，《就是这样（如果你愿意的话）》[*Cosí è（se vi pare*）]、《诚实的乐趣》（*Il Piacere di Onestà*）、《角色的游戏》（*Il Gioco delle Parti*）、《这不是件严肃的事》（*Ma nonèuna Cosa Seria*）相继上演。1921年《六个寻找作者的剧中人》（*Sei Personaggi in Cerca d'Autore*）在罗马上演，与诸多先锋派作家的遭遇一样，在这部剧作的首演式上，观众完全无法理解戏剧的意义，大呼"疯子！"，报刊上也多是负面评价。但几个月后情况发生了扭转，同年9月27日，该剧在米兰曼佐尼剧院（Teatro Manzoni di Milano）上演，获得了巨大的成功。次年的《亨利四世》（*Enrico IV*）同样使皮兰德娄获得了极高的声誉。此时，皮兰德娄也超越了其他意大利作家，在国际上获得了极高的声誉。

在戏剧中，皮兰德娄并不局限于使用角色来传播他的主题。他走向戏剧创作很重要的一点在于，戏剧能够确保与公众直接沟通,在公共场所"讨论"小说的主题,拥有较强的与公众对话的意识。皮兰德娄本人就是一位充满活力的戏剧演员,他还创建了自己的戏剧公司,实践斯坦尼斯拉夫斯基表演法[1],教导演员如何进入角色。此外,他还加快了戏剧的节奏,使戏剧变得更有活力,更像是即兴创作。

皮兰德娄此时已享誉欧洲,他的第一部戏剧作品集以《裸面具》(*Maschere Nude*)为题,于1918—1921年问世。这些年间,皮兰德娄经常与剧院一起巡演,认识了年轻女演员马尔塔·阿巴(Marta Abba),并与之坠入了爱河。

---

[1] 斯坦尼斯拉夫斯基表演法(Stanislavski Method)是一种以苏联导演康斯坦丁·斯坦尼斯拉夫斯基为主要倡导者的戏剧表演方法。该方法强调演员通过内心感受和情感体验来创造真实、自然的表演,以达到与观众共鸣的效果。

1929年《今晚我们即兴创作》(*Questa sera si Recita a Soggetto*)、1930年《如你所愿》(*Come tu mi Vuoi*)上演。皮兰德娄于1934年获得诺贝尔奖,1936年在罗马去世,他在遗嘱中拒绝举行隆重的葬礼,并嘱咐要在尸体火化后将骨灰撒在阿格里真托的土地上。皮兰德娄还为我们留下一部遗著:《高山巨人》(*I Giganti della Montagna*)。

二、皮兰德娄的语言观

皮兰德娄在《在阅读了维尔加的〈唐·杰苏阿尔多师傅〉》《叙事艺术中的主观主义和客观主义》等论文中,曾一针见血地指出:在意大利,书面语和方言呈现出一种割裂的状态,文学语言缺乏方言中所具有的生命力和历史色彩。皮兰德娄在格拉齐亚迪奥·阿斯科利(Graziadio Ascoli)的语言学理论中找到了参照,他在创作中尽量避免文学语言与地方语言的对立。

> 可以肯定的是,每种方言都有特殊的语音、词法及句法特征,但是,所有的意大利方言都有一个共同的基础,它赋予了民族语言以躯体和灵魂。只需要避免那些过于地方化的方式和联系,再润色一下结尾,就可以使方言变得容易理解。这难道不正体现了但丁关于白话的理论"in qual ibetn redoletn civitate, necn cubatn inn ulla"(它

> 出现在每个城市，但它不存在于任何语言中）吗？佛洛伦萨人也好，纯粹主义者也好，或者那些不想了解其他语言，只喜欢书本上的语言的人，只喜欢对他们自己来说是圣籍或者圣典语言的人，只喜欢像修辞形式一样木乃伊化的语言，即所谓的文学语言的人，他们都不会喜欢这种说法。那些想要写得"漂亮"的人，是不会喜欢这种经过修饰的、梳理的语言的，因为他们根本不知道如何写得"漂亮"。但是，用阿斯科里[1]的话来说，这种语言存在于个人的看法、创造、重新发现、拒绝、改革、传播、使用中，它在不断发生的事件和影响中，继续重新创造，在崇高的领域中，同样会出现这一创造过程，任何方言都会被固化和改变。[2]

皮兰德娄经常在创作中使用一种混杂的语言，它将方言、文学语言、哲学语言融为一体，以具体的情境为蓝本，通过朴素、精练的语言，提出发人深省之问。如同他的戏剧一样，皮兰德娄在小说创作中，也同样非常重视与读者的对话。通过对话和发问的形式，他将读者拉入对小说主题的探讨和反思之中。在《一个人·谁也不是·十万人》

---

[1] 阿斯科里（1829—1907），意大利语言学家。
[2] Luigi Pirandello, Arte e Scieza: Saggi, Roma: W. Modes, 1908. pp. 166–167.

中，皮兰德娄发明了一种新的叙事艺术，即在意识流式的内心独白中加入与外部世界的对话。例如，当莫斯卡尔达想要独处，并认知意识深处的自我时，他用"您"呼唤读者与他一起沉入思考：

> 孤独就是没有您的陪伴，只有一个外人。地点或人物就保持这样的状态，所有一切完全忽视了您，您也完全忽视了一切，您的意志和感觉就会处于或者说迷失于一种痛苦的不确定性中，它停止了您的确定性，停止了您最深层的意识。真正的孤独是，处在一个为自己而活的地方，这个地方对您来说，既没有痕迹，也没有声音，您是一个外人。

当莫斯卡尔达想要强调意识的作用时，他首先以与"您"对话的方式，引入普通人的想法：

> 如果某一次您注意到您眼中的自己和别人眼中的自己不同，您会怎么办？（您很真诚。）您什么都不会做，或者几乎什么都不做。您顶多就是保持了完美的自信，认为别人误解了您，误判了您，如此而已。如果这对您很重要，您就会试图去纠正它，去澄清，去解释；如果您不在乎，

> 您就任其发展。您耸耸肩,感叹道:"哦,终于,我有自己的意识,这就够了。"

然后再继续亲切而礼貌地对读者说:"我亲爱的先生,请原谅我。既然您说出了如此宏伟之辞,请允许我在您头脑中放入一个小小的念头吧。"从而将自己的观点娓娓道来。这种无时无刻不在与读者对话的方式在当时的意大利文坛,无疑是非常具有先锋精神的。

皮兰德娄的语言简明易懂,充满活力和创造力,且常常具有深刻的隐喻意。当莫斯卡尔达第一次发现自己鼻子歪了以后,他突然谈论起石头、马车与世界的关系:

> 我并不反对追随父亲走过的路。我走在这条路上,但是我并没有真正在走。每走一步,我都停下来。对于我遇到的每一颗鹅卵石,我首先保持距离,然后一点点靠近,其他人居然可以走在我前面,而忽略这些石子。这些石子对于我来说,都有如大山一般重要,这些石子本是我的容身之所。
>
> 我一直保持这种状态,在很多条路上,刚走几步就停下来了,我的精神充满着不同的世界或石子,反正都一样。但我不认为那些超越我向前走的人,那些走完全程的人,实际上比我懂

> 得多。他们超越了我，像很多小马驹一样，到处炫耀；然而，在道路尽头，他们找到了一辆马车——他们自己的马车。他们被仔细认真地拴在马车上，现在，他们拖着马车前行。我，不拉任何马车。因此，我既没有缰绳也没有眼罩，当然，我也看到了更多的东西。但是，我不知道自己将要走向何方。

从这一段描写中，我们似乎可以看到，皮兰德娄与加缪似乎有很多同频共振之处，拖着马车负重前行的马驹，似乎就是西西弗的变形体。他们一次次奔跑，一次次超越，最后却迷失在尘世的束缚之中。而扔掉了缰绳和眼罩的莫斯卡尔达，想要创造和探寻自我本质的莫斯卡尔达，亦同样迷失于尘世之中。值得一提的是，《西西弗神话》的出版，比《一个人·谁也不是·十万人》晚了16年。

通过大量运用对话体和隐喻，皮兰德娄建立了非常独特的文体风格。从表面上看，语言摆脱了冗余的修饰和形容词，作者与读者亲切地对话。但在将读者拉入对话之后，作者就连续抛出哲学式的发问，并通过大量的隐喻，抽丝剥茧般地将读者推入一层一层的深思之中。

三、皮兰德娄的小说创作

在中国谈起皮兰德娄，大家都知道他是一位著名的戏剧家。但我们往往忽略了这样一个事实：皮兰德娄的小说在整个20世纪意大利文坛中都是极其重要的。他小说中有一个重要的议题，就是寻找和探讨存在，并以不同方式探索存在的潜力和模糊性。

1. 长篇小说《已故的帕斯卡尔》

《已故的帕斯卡尔》是皮兰德娄早年的杰作，厌世的帕斯卡尔远走他乡，无意间被认为已经死亡。他心中暗喜，改变了居住地、身份和名字逃离了故乡，改名梅伊斯开始了新的生活。他定居罗马，与房东的女儿陷入了爱河。然而他逐渐发现，他的生活因他的假身份而处处受限，最终他决定再次制造"死亡"，抛弃梅伊斯的身份回到故乡。然而此时妻子已经改嫁生育，家乡的人见到他如见到幽灵一般，帕斯卡尔此时才痛苦地意识到，他已经变成了那个"谁也不是"的人。

该书奠定了皮兰德娄小说的语言风格和主题构架，皮兰德娄作品的价值在于探讨现实与幻觉、个人与社会之间的对立。正如《已故的帕斯卡尔》的结尾：

> *关于我的故事，我们已经讨论了很长时间了，我经常告诉他，我从中无法看到什么结果。与此同时，他告诉我：亲爱的帕斯卡尔先生在法律和特殊性之外。这些故事，快乐或悲伤，就*

> 是我们自身。亲爱的帕斯卡尔先生根本不可能存在。我让他去观察,既不站在法律的框架下,也不站在任何特殊性之中。我的妻子是波米诺的妻子,而我也不知道自己是谁。[1]

2. 短篇小说集《一年的短篇小说》

皮兰德娄曾经想写365篇短篇小说,为一年中的每一天写一篇,他在1922年版第一卷的前言中写道:

> 我将迄今为止已经出版的和尚未出版的短篇集结成册,取名为《一年的短篇小说》。这个题目看似谦虚,实际上,它也许过于雄心勃勃了,因为依据古代传统,这种体裁的作品集(其中一些非常著名)通常以"日"或"夜"命名。[2]

实际上,这些短篇小说只有200多篇,但涵盖了他大约五十年的创作活动。这些小说直到他去世前才逐渐得以完善。《一年的短篇小说》和《一个人·谁也不是·十万人》非常相似的一点在于,作者对人物的相貌、怪异的身体和心理给予了很大的关注。

《瘦小的燕尾服》(1901)中矮矮胖胖的女仆看到又

---

1 Luigi Pirandello, Il fu Mattia Pascal, Milano: Mondadori, 1986. pp. 346–347.
2 Luigi Pirandello, Novelle per un anno, Milano: Club degli editori, 1987. p. 1914.

肥又大的主人正在试穿燕尾服。开篇主人公河马般巨大的身体与破旧不堪的环境、古旧的书籍形成了强烈的对比。《瘦小的燕尾服》中教授的憋屈之情和即将被退婚的新娘的窘迫之情，形成了共振。而在小说结尾，教授扯掉燕尾服的袖子这一举动，象征着女孩最终获得了一种冲破世俗、寻找幸福的精神力量。《你想想吧，贾克米诺》（1910）中的托蒂教授也是头大、秃顶、没脖子、有着如小鸟般细腿的形象。尽管托蒂教授德行高尚，在物质上也极大地满足了妻儿，甚至准备成全妻子和爱徒的爱情，但他仍然无法逃出被世人诟病和嘲笑的命运。结尾的一句"你想想吧，贾克米诺"是托蒂发自内心的呐喊，也是一句冲破世俗的劝诫。《理想的婚姻》（1914）是皮兰德娄一篇少有的节奏轻松的小说，看似不完美的男侏儒与女巨人在婚姻中达到了某种平衡，但由于身体的特殊性，"理想的婚姻"却始终在与流言和误解争斗，这为这部小说从头到尾蒙上了一层阴影。

通过形象的特殊性，皮兰德娄将主人公塑造成一种加缪式的"局外人"，并通过局外人的眼光去反省社会和世俗，这成为作者常用的手法。

3. 长篇小说《一个人·谁也不是·十万人》

这是皮兰德娄最后一部小说，也是最重要的一部小说。如果没有读过这部作品，我们就很难捕捉皮兰德娄晚期创作思想的全貌。

一天早上，当莫斯卡尔达在镜子中观察自己时，发现自己鼻子有点向右偏。令他惊讶的是，自己之前竟然从未认识到，身上有如此大的缺陷。通过和妻子的交谈，莫斯卡尔达进一步走向了自我怀疑的深渊：

> 你的眉毛挂在眼睛上方，像两个法语中的长音符号——^^，你的两只耳朵也不太对称，一只比另一只突出。还有其他缺陷……在手里，在小指上。还有腿（不，弯曲，不！），右边的腿，比另外一条更弯曲——向里偏向膝盖，一点点。

虽然小说开头带有喜剧的色彩，但这对主人公来说是一个极其严重的问题。歪掉的鼻子将他引向了对身份和真实性的反思。莫斯卡尔达突然意识到，在过去的二十八年里，他从未真正认识自己。主人公的自我意识由此开启，他通过独处的方式，以一个"外人"的眼光来进行自我审视。莫斯卡尔达首先选择了镜子作为自我凝视的路径，然而这反而将他带向了第二重危机之中：

> 我沉浸在新一轮的痛苦中：在我活着的时候，在生命里的各种行为中，我无法代表我自己。我无法用其他人看待我的方式看待我自己。

> *无法将自己的身体置于眼前，像观察别人一样观察它。当我站在镜子前的时候，我似乎被禁锢住了。身体失去了主动性，每一个出现在我眼前的手势都是虚构的、重复的。*

与同年代的拉康不同，皮兰德娄笔下人物的镜像凝视是失败的。主人公痴迷于对无意识状态下自我的追求，而通过镜像的反射，无意识被彻底压制，"如果我把他放在镜子前，呆呆地、静止地看着他，那么我便夺取了他的思想和意志"。

与此同时，主人公似乎还试图通过他人的眼光来认识自身，因为"只有他人能看见我活着"。这位年轻人在西西里小镇的街道上漫步，向朋友和邻居询问他的鼻子、身体和身份。每一位受访者都成了一面新的镜子。在每一个人身上，他都发现了另一种观点、一种新的感知、一种不同的维坦杰洛·莫斯卡尔达。随着观察者、观察视角和时间的改变，"我"的形象也随之发生改变。妻子将他亲切地称为真杰，在妻子眼中，丈夫又傻又可爱；商业合作伙伴称他为亲爱的维坦杰洛，他被视为游手好闲的富二代；在本地人眼中，他是令人憎恶的放贷人。

主人公意识到自己不是一**个**人，意识到自己根本无法认知自身，于是深陷"我是谁？""何为真实？"的自我怀疑的旋涡之中。十万个人眼中有十万个"我",这也将绝对的、一元的、确定的真实观推向末路。

莫斯卡尔达意识到自己的"真实"是被他人建构的。他感到自己的一切外在形式都是一种禁锢:身体、名字、房子、声誉、城镇、历史……都是他人强加于他的,这是一种表象而非本质,是误解而非真实。

正如皮兰德娄的其他小说一样,《一个人·谁也不是·十万人》也隐含着对社会的批判。出于对"真实"的追求,莫斯卡尔达首先对自己的放贷人身份发起挑战,企图实现从高利贷放贷者到慈善家的转变。他驱逐了房客马尔科·迪·迪奥及其妻子,将自己"令人憎恶的放贷者"形象放大后,又实施了一系列的捐赠行为。不仅如此,他清算了银行,将所有股东的财产都置于崩溃的风险之中。莫斯卡尔达是一个不接受资本主义世界秩序的人,他没有职业,没有工作,也没有经济顾虑。他气走了拜金的妻子,和"很鄙视金钱,所以拒绝了几桩所谓的利益婚姻"的安娜·萝莎几乎陷入一段浪漫关系之中。但是,随着安娜·萝莎的枪声,主人公也逐渐意识到,脱去物质主义的外衣最多只能让人贴上"疯子"的标签,并不能通达真实的本体。在众人看来,疯狂不仅是心理失衡,也是一种社会混乱。

那么,我是谁?我如何认识自身?

冲破迷雾的内驱力是作者对真实的追求。皮兰德娄的做法是，锲而不舍地追随碎片化的意识，重新探索事物的存在方式，打开生命的新可能性。皮兰德娄追求的真实并不是一种客观真实，而是通过再现不连贯的心理和非逻辑的意识，来接近真实。作家对素材的整理和筛选，也不是以逻辑的顺序进行的。在此值得强调的是，作家在20世纪20年代，就表现出非常强烈的反逻各斯中心主义倾向。在小说的第二章，作者就将语言理性置于虚空之所：

> 您，我亲爱的朋友，您永远不会知道，我永远不会告诉您，您告诉我的内容在我自己内部是如何被翻译的。您不说土耳其语，不。您和我，使用相同的语言，同样的词语。但是，如果词语本身就是虚空，那么我们有什么错，亲爱的朋友？您在对我说这些话的时候，用您的意思来赋予这些词语意义。

而在小说的结尾，作者更是呈现出一种解构的生命形态，内与外，物与我，最终汇入意识的汪洋之中：

> 我没有名字，今天的我记不起昨天的名字、今天的名字、明天的名字。如果名字是一个东西，是一个对我们来说外在的、概念性的东西，那么，人们没有名字，所有一切都将散落于我们身上，没

> 有被区分，没有被定义。好吧，众人之中我独特的名字，会被刻在石碑上，刻在照片之前，之后便无人问津了。一个名字，也仅仅就是一个墓碑而已。这对死人才有用，对已经结束的人才有用。我还活着，没有结束。生活也不会结束。生活不是通过名字来认知的。

在皮兰德娄的小说中，历史、政治、经济等外部要素完全不对主人公产生任何根本性的影响。在小说中，主人公通过独处、捐赠、建修道院等一系列活动，展现了"社会化个体逃离社会的过程"[1]，进而拷问"何为真实"这一具有形而上意义的问题。

在小说的尾声，莫斯卡尔达产生了巨大的孤独感和疏离感——没有人能真正了解自己，在试图摆脱一切禁锢和面具之后，所有人都开始孤立他。然而，作为皮兰德娄最后一部小说的主人公，他并未怯弱和彷徨，他选择继续冲破枷锁，在大自然中寻求解放。莫斯卡尔达为自己建造了一所远离物质和人类的济贫院。

> 济贫院建在村庄里，在一个有趣的地方。
> 每天清晨，我都会出去，我想让早晨清新的空气

---

[1] Druker Jonathan. Self-Estrangement and the Poetics of Self-Representation in Pirandello's, L'Umorismo, South Atlantic Review, 1998, 63(1). pp. 56-71.

> 来滋养我的精神。所有东西都好像刚刚被发现一样，它们仍知夜之寒冷，在太阳将带有湿气的呼吸晒干之前，在太阳照耀万物之前。

皮兰德娄有非常强烈的重构之思，他期盼以一种新生的眼光看待世界。最后，作者借助意识的明证性，构筑了一种新的真实观。真实是自我意识所到之处："我是这棵树。树，云。明天。书或风：我读过的书，饮下的风。它们都在外面，流浪着。"

四、皮兰德娄的艺术思想

皮兰德娄的艺术理论主要有两个重要贡献。一是重新梳理和定义了"幽默"的概念，二是试图调和主客二元对立、科学与艺术的对立关系。皮兰德娄的艺术观和他对修辞学和逻辑学的关注是分不开的。

皮兰德娄提出，修辞学的最大敌人就是"幽默"，他是这样定义"幽默"的：

> 我看到一位老太太，染着头发，浑身油腻，不知道涂了什么油，化着拙劣的妆容，穿着年轻人的衣服。我笑了。我感觉到，这个老太太的形象，与一个受人尊敬的老人形象截然相反。所以，一开始，我停留在了这种表面上的喜剧印

> 象上。所谓喜剧，就是一种相反的感受。但是，如果我现在开始反思，我想，也许这位老太太并不喜欢把自己打扮得如一只鹦鹉一般，也许她很痛苦，她打扮成这样只是自欺欺人而已，以为隐藏了白发和皱纹，就能留住比自己年轻得多的丈夫的爱。如此一来，我就无法像之前一样笑话她了，因为反思在我身上起了作用，它让我超越了最初的感受，或者说，从这种最初的、相反的感受，我进入了一种更加深层的、相反的感情之中。这就是喜剧和幽默的区别。[1]

根据皮兰德娄的说法，人们在观察"真实"时，会发现一切都不是真实的。在表象与本质之间，总是存在着脱离、变形和误解。从表面上看，某个形象也许是可笑的，但若深入探究其背后的原因，我们就会发现，这种可笑、怪异、畸形形象的根源在于痛苦。与此同时，这种形象也会引起读者和观众的深思和痛苦。在皮兰德娄看来，这就是"幽默"的领域，它既不是喜剧的，也并非悲剧，它兼具二者的某些特质。

《一个人·谁也不是·十万人》的结局，就是一个皮兰德娄式的幽默反转。莫斯卡尔达首先以一种喜剧形象出现在法庭上：

---

[1] Luigi Pirandello, L'Umorismo, Milano: Luigi Battistelli Editore, 1920. p. 124.

译者序

> 我被叫到法庭作证，人们看到我戴着个帽子，穿着木屐，以及济贫院的深蓝衣服，这在法庭上引起了阵阵笑声。

这一喜剧形象是对表象的反讽。皮兰德娄开篇便对"通过表象认知自我"的方式提出批判，试图讨论何为"真实的自我"这一概念。镜中的自己仅仅是"有意识"状态下的自我，而"无意识"状态下的自我是极难获得的。妻子眼中的自我，也仅仅是她对"我"的加工、扭曲和变形。作为"莫斯卡尔达"的"我"也仅仅是一个语言符号，"这对死人才有用"。皮兰德娄还试图证明，一个人的形象是流动的、可变的，莫斯卡尔达可以从"放贷人"转变为"慈善家"，也可以是一个"留着胡子、笑眯眯的傻子，穿着木屐和蓝色院服的傻子"。

在展现莫斯卡尔达在法庭上的可笑形象之后，作者突然笔锋一转，走向对"自我真实"的反思之中。这种反思包含着莫斯卡尔达痛苦的精神历险，从*一个人*到*谁也不是*，从*谁也不是*到*十万人*。皮兰德娄最具艺术魅力的一点在于他发现真实的方式。在皮兰德娄看来，除了表象的"真实"，还有一种"超真实"。在这部作品中，作者捕捉到了 20 世纪复杂的文化和社会生活中隐藏的一些"存在方式"和某些"关系形式"。于是，他尝试抛弃了对确定性定义和本质的追求，抛弃了由语言概念和表象来寻找和定义本质的"真实观"，而转向一种对动态的、生成的（being）生命的关注，"这棵树，它的新芽颤抖地呼吸着……我每一秒都在死去，都在新生"。皮兰德娄通过解构表象的真实，将生命带向一种动态的、生成的真实观之中："我是这棵树。树，云。明天。书或风：我读过的书，饮下的风。它们都在外面，流浪着。"主观与客观，意识与无意识的二元对立，在十万种可能性中被解构，皮兰德娄由此提出了"我"是万物的思想："我不活在身体里，而活在天地万物之间。"

通过"我是万物"之思，皮兰德娄解开了表象、定义、概念等对人性和生命的束缚。小说结尾，作者走向了对"原色浸染终复止，万物归原始归一"的追求之中。小说的最后，有一段极具隐喻性质的自然描写：

> 每天清晨，我都会出去，我想让早晨清新的空气来滋养我的精神。所有东西都好像刚刚被发现一样，它们仍知夜之寒冷，在太阳将带有湿气的呼吸晒干之前，在太阳照耀万物之前……驴子露天待了一整夜，开始用模糊的眼睛观察世界，光线慢慢散落在荒芜的村庄，驴子从鼻子中喷出水，由近及远，然后从周围慢慢散去。在黑

> 色的篱笆和斑驳的矮墙间，有一条车道，车辙凹凸的轨迹仍然在那儿。然而空气是清新的。所有一切，每一秒，都是它们原本的样子，它们为自己的生命活力庆幸。我马上把眼睛转开，不再停留在事物的表面和死亡，只有这样我才能活在当下。我每一秒都在重生。我避免思想重新在我身体里开始工作，再次建造一些虚空之物。

"所有东西都好像被刚刚发现一样""空气是清新的"等隐喻性的表达，包含着作者的回归和重构之思。这种回归和重构并非回到一种无知和空白的状态，我们"仍知夜之寒冷"，仍见"车辙凹凸的轨迹"，我们深知生活之恶，在保持警惕和警醒的状态下，回归生命本源，以一种流动的、生成的生命观去生成生命，看待世界。

皮兰德娄的另一个重要的艺术思想来源于他对艺术和科学的讨论。皮兰德娄反对艺术与科学的对立，即反对绝对的主观主义和客观主义。在《艺术与科学》中，皮兰德娄针对克罗齐的直觉论，对艺术形式与意义进行了一系列的讨论。皮兰德娄试图说明，艺术与科学并非彼此不相容。所以主观主义和客观主义之分是错误的。这就是皮兰德娄质疑自然主义同时质疑克罗齐的根本原因。那么，如果艺术既不是主观主义也不是客观主义，既不是唯心主义也并非自然主义，那么艺术应该是第三种东西，它兼具了二者的特点：

> 总之，艺术不是对内容的直观，而是形式的创造：所以如果我们要用克罗齐的概念——对一个直观的直观，那么艺术就不再是题材—形式，正如克罗齐所见，它是题材—形式—题材。也就是说，它再次变成一种印象，首先作者感受它，其次批评家批评它。印象变为（内心的）表现，然后通过精心组织的题材，再次变为印象。[1]

也就是说，在皮兰德娄笔下，艺术更接近一种"技艺"，其本质更多存在于形式。形式即如何表达，如何组织语言，利用何种媒介；而题材则指向一种心理机制，来源于艺术家对内心的表现。作家感受自己的内心，将其变为某种形式的艺术，批评家再次直观这种艺术形式，并对其进行批判。也就是说，艺术的"循环"是从一种情感转向另一种情感：不能停留在纯粹形式的冷漠之中，与此同时，作家和批评家都成了艺术创造中不可或缺的环节，作者对艺术的体验以及批评家批判时所带有的情感，是艺术创作的一部分。艺术的概念总是在流动和变化之中。这就

---

[1] Arte e Scienza. pp. 28–29.

意味着，皮兰德娄试图调和在意大利文坛上占主导地位的克罗齐的直觉美学和真实主义所提倡的客观主义美学，当然，皮兰德娄的这种"相对主义"也有着经验主义的、心理学的基础。

五、对于一些概念和术语的翻译和处理

本书最核心的一点在于，作者对"一个人·谁也不是·十万人"（Uno，Nessuno e Centomila）三者关系的理解。小说分为八章，前四章主要是讲述主人公形象的解体和破碎，主人公莫斯卡尔达想努力认识自身，却遇到了更多的自我；后四章更多是讲述主人公自我构建的过程。

出于对文本的流畅性考虑，笔者将 uno 译为"一个人"，将 nessuno 译为"谁也不是"。并且，为了突出这几个单词特殊的意义，译者将其在文中用斜体加粗标出。但需要强调的一点是，小说的结尾，主人公的生命超越了"人"的界限，呈现出与天地交融的姿态——"我是这棵树。树，云。明天。书或风：我读过的书，饮下的风"。

这部小说另外一个核心在于皮兰德娄对真实的追求。在文中，"realtà"一词被反复提及。主人公不停地想要证明，每个人都有不同的"realtà"。我们来看一下字典[1]中

---

[1] 主要参照意大利百科全书 *Treccani*（《特雷卡尼百科全书》）中对"realtà"的解释。https://www.treccani.it/。

"realtà"的三层定义。

1. realtà，就其最普遍的意义而言，是所有一切真实的合集，实际存在的一切。

2. 涉及一个具体的情境，realtà 存在于一个物体或一个事实之中，是实际存在或者存在过的，或实际经历过的。

3. realtà 是所有事实或真实的特征，即不限于表象的、想象的和可能的事物。

而形容词"reale"一词，则主要指"真实且具体存在的事物"，也就是说，如果将"realtà"翻译为"现实"，那么我们就无形中给"realtà"赋予了时间性：当下、现在的真实。这显然与皮兰德娄所指不同。将 realtà 翻译为"真实"是译者基于对皮兰德娄的理解作出的个人选择。

皮兰德娄的文字看似高度口语化，实则蕴含着深刻的哲理。对于某些句式和段落的处理，未免有错漏之处，请学界多批评、指正。

许金菁
2023 年 9 月于长城

目 录

第一章 ……………… 001

第二章 ……………… 025

第三章 ……………… 055

第四章 ……………… 079

第五章 ……………… 111

第六章 ……………… 139

第七章 ……………… 153

第八章 ……………… 181

第一章

第一章

I. 我、我的妻子和我的鼻子

"在干什么呢?"妻子问我,她看到我反常地站在镜子前,迟疑徘徊。

"没什么,"我回答,"我在看这里,看鼻孔里。这里按着有点儿疼。"

我妻子笑着说:"我以为你在看歪着的那边。"

我转过身,像被踩了尾巴的狗:"歪了?我的?鼻子?"

而我的妻子,平静地说道:"是的,亲爱的。你仔细看,它歪向右边。"

我28岁,但我一直认为,我的鼻子,即使不漂亮,至少也算体面,正如我身体的其他部分一样。曾几何时,我也认为那些没有身体缺陷的人,那些为自己的外貌感到骄傲的人,是多么愚蠢。但这突如其来的发现激怒了我,这是一个意料之外的惩罚。

在我怒火中烧之际,妻子大概看出来了,随后补充说道:"如果你认为自己没有缺陷的话,请打消这种念头,因为,你的鼻子歪向右边,如此……"

"还有其他的?"

"哎,还有!还有!你的眉毛挂在眼睛上方,像两个法语中的长音符号——＾＾,你的两只耳朵也不太对称,一只比另一只突出。还有其他缺陷……"

"还有?"

"嗯,是的,还有,在手里,在小指上。还有腿(不,弯曲,不!),右边的腿,比另外一条更弯曲——向里偏向膝盖,一点点。"

经过仔细检查,我不得不承认这些缺陷是真实存在的。只有在这时,在痛苦和泄气之后,在我气愤之余,我才感到惊讶。妻子劝说我,不要过于痛苦,因为,即使有这些缺陷,总体来说我还是一位帅气的男士。

我试图不生气,接受她慷慨的让步,虽然她一开始就否认了我,但这是她的权利。一句带着憎恶的"谢谢"从口中喷出,我知道我不该痛苦,不该丧气,不该在乎那些细微的缺陷,但极其重要的是,活了那么多年,我的鼻子从未改变过,鼻子还是那个鼻子,眉毛、耳朵、手和腿也一样。但是,只有在结婚之后我才意识到自己的缺陷。

多么令人惊讶!谁知道呢?妻子?她们就是为了发现丈夫的缺陷而生。

我不否认,她们就是这样——妻子们。如果您不介意的话,在那段时间里,每一个说过的词语,每一只飞舞的苍蝇,都会令我陷入反思的深渊。这些思虑就像一只鼹鼠,从上到下、从里到外,将我的精神凿得千疮百孔。虽然我表面上并没有任何改变。

"能看出来,"你们说道,"您有很多时间可以浪费。"

并非如此。对于我的灵魂,我并未浪费时间;但是对于其余的事,是的,对于无用之事,这是一种浪费。(我很)富有,有两个值得信任的朋友,塞巴斯蒂亚诺·宽托尔佐和斯泰法诺·菲尔博,他们在我父亲死后帮助我照顾生意。我的父亲,尽管他做了很多好事,也做了很多坏事,但他从来无法让我完成什么事。当然,让我在年少之时娶妻这件事,他成功了。他或许希望我能给他生个孙子,一个与我完全不同的孙子。可怜的男人,他连这个愿望也没办法从我这里达成。

请注意,我并不反对追随父亲走过的路。我走在这条路上,但是我并没有真正地在走。每走一步,我都停下来。对于我遇到的每一颗鹅卵石,我首先保持距离,然后一点点靠近,其他人居然可以走在我前面,而忽略这些石子。这些石子对于我来说,都如大山一般重要,这些石子本是我的容身之所。

我一直保持这种状态,在很多条路上,刚走几步就停下来了,我的精神充满着不同的世界或石子,反正都一样。但我不认为那些超越我向前走的人,那些走完全程的人,实际上比我懂得多。他们超越了我,像很多小马驹一样,到处炫耀;然而,在道路尽头,他们找到了一辆马车——他们自己的马车。他们被仔细认真地拴在马车上,现在,他们拖着马车前行。我,不拉任何马车。因此,我既没有缰绳也没有眼罩,当然,我也看到了更多的东西。但是,我不知道自己将要走向何方。

现在,回到发现自己身体缺陷这一问题上,我再次陷入思考中,所以,这可能吗?我甚至不了解自己的身体,这些于我而言最亲密的东西:鼻子、耳朵、手和腿。我重新开始审视自己,检查它们。

从此,我开始感到不适。这种不适在短时间内使我在精神和肉体上变得如此悲伤,如此绝望。如果我没能找到解决方案,让我恢复旧态,那我一定会因此死去或疯掉的。

II. 你们的鼻子呢?

我已经很快意识到,在妻子发现我缺陷的同时,其他人也注意到了我身体的这些缺陷,以及我尚未意识到的其他缺陷。

"你看我的鼻子?"那天我突然问一个朋友,他原本是来找我谈他很在乎的一个什么生意。

"没有,你为什么这么问?"他回答道。

而我,紧张地笑着说:"它歪向右边,你看不到吗?"

我强迫他停下来仔细观察,似乎我鼻子的缺陷大到如宇宙中的设备那无法弥补的缺陷一样。

朋友起初非常震惊地看着我。然后,他感到不解,我对生意既不关心也不回应,却突然间意外地提出关于鼻子的话题,他耸耸肩,丢下我走开了。我抓住了他的胳膊。

"不,你知道吗,"我对他说,"我很乐意与你协商这笔生意。但是现在你必须原谅我。"

"你在想你的鼻子?"

"我从没有发现它朝右偏。今早我妻子才让我意识到这一点。"

"啊,真的吗?"朋友这样问道,笑眼中带着怀疑和嘲讽。

我看着他,就像今早看着妻子那样,沮丧、烦恼和惊异。难道他之前也注意到了吗?还有其他多少人和他一样?!然而我却不知道,一直不知道,一直以为我是"正"鼻子的莫斯卡尔达;然而对于其他人来说我是歪鼻子莫斯卡尔达。有多少次我在谈论小李、小张的歪鼻子时——不用说,他们都应该在笑着想:"请看这个可怜的人,他居然在谈论别人鼻子的缺陷!"

的确,我可以这样安慰自己,很显然这种情况是普遍的,这也再次证明了一个事实:我们很容易注意到别人的缺陷,却时常忽略了自己的。但是这不适的根源已经扎根在我的精神中,我无法用这个理由安慰自己。

至今为止别人眼中的我,并不是我自己认为的我,我沉浸在这个想法中(无法自拔)。

此刻,我只想到自己的身体,而此时我的朋友仍站在我面前,脸上带着嘲笑和疑虑。为了报复他,我问他:你知不知道自己下巴上有个小沟,但是没有把下巴分成相同的两半,一边更加凸起,一边有些凹陷?

"我?怎么会!"朋友叫道,"我下巴上有一个小沟,我知道,但并非你说的那样。"

"我们去那个理发店,你就知道了。"我马上提议道。

当朋友走进理发店后,他惊奇地发现并且承认了自己的缺陷，但他不想表现出自己很生气。他说，反正这只是一个小问题。

嗯，是的，毫无疑问，这只是个小问题。我偷偷跟着他，我看到他先在商店的橱窗前停下，接着在另一个橱窗前停下，然后又在商店门口停下，观察自己的下巴。我很确定，他一回家，肯定会跑到衣柜的镜子前，重新慢慢地认识自己的缺陷。毫无疑问，他为了报仇，或者说为了这个值得在本地推广的玩笑，他问了几个自己的朋友（就像我问他的方式一样），是否注意到他下巴上的缺陷。毫无疑问，他还会发现自己的其他缺陷，在这位朋友的前额或者嘴上，就这样持续下去……是的！是的！我发誓，在里基耶里这座贵族之城，在接下来的几天，我会看到（如果不是我的想象的话），大量的同乡将会从一个商店的橱窗转向另一个橱窗，然后停在每个橱窗前观察自己的颧骨或眼角、耳垂或鼻梁。然后一周之后，肯定又会有谁向我走来，迷惑地问我，是不是每次他开始说话的时候，他左眼眼睑会不自觉地收缩。

"是，亲爱的，"我一定会迅速回答道，"我，你看到吗？我的鼻子向右偏。但我知道，不需要你来告诉我。眉毛？像两个长音符号！耳朵，看这里，一只比另一只突出。然后这里，手，平的，对吧？因为小指关节有点畸形。腿？这里，这边，你觉得两条腿一样，对吗？但我知道，我的腿不对称，而且我不需要你来告诉我。这种感觉真好。"

我把他扔在那里，走了。走了几步后，我听到他叫我：
"等等！"

冷静，冷静，他用手指示意我回到他身边，问道：

"请问，在您之后，您母亲生过其他孩子吗？"

我回答："没有，我之前和之后都没有。我是独子。您为什么这么问？"

"因为，"他说道，"如果您母亲再次生育，她肯定会再生个男孩。"

"哦，是吗？你是怎么知道的？"

"是这样，他们说如果有人生了一个像您这样，头发有个小尾巴一直延续到后颈的孩子，那么下一个生的一定是个男孩。"

我把手放到后颈，冷笑着问他：

"啊，我有个……你说的那个东西。"

他说道：

"在里基耶里，他们叫它小尾巴。"

"哦，但这算什么！"我叫道，"我可以把它剃了。"

他用手势否认，然后说：

"这个印记会一直跟随你，亲爱的朋友，即使你把它剃了。"

这下轮到他把我扔下走了。

Ⅲ. 独处的好方法

从那天起，我特别希望可以独处，至少一小时。但实际上，这不仅仅是愿望，它还涉及我的现实需求，紧迫的需求，妻子的出现和靠近激怒了我。

"真杰（对我妻子来说，维坦杰洛是我的名字，她给我起了这个小名。她这样叫我，不是没有原因的，您之后就会知道了），昨天米凯莉娜跟你说的，你听到了吗？她说宽托尔佐有紧急事情要和你商量。"

"看，真杰，如果我这样穿衣服的话，腿就很明显。"

"钟停了，真杰。"

"真杰，你把小狗带出去了吗？不然，等会儿要是它把你的地毯弄脏了，你又会朝它吼。虽然它被逼无奈，可怜的小狗……我说……我不认为……它从昨晚就没出门了。"

"真杰，你不担心安娜·萝莎会生病吗？她已经三天没出现了，最后一次见她的时候她嗓子疼。"

"菲尔博先生来了，真杰。他说他晚点儿再来。你就不能把他约到外面去吗？天啊，真无聊！"

或者我能听到她唱歌：

如果你对我说不，

我亲爱的，明天我不会来；

明天我不会来……

明天我不会来……

但是您可能会问：为什么不把自己关在房间里，或许再在耳朵里塞两个耳塞呢？

先生们，这意味着您并不理解我理想中独处的方式。

我只能把我自己关在书房中，即使那样我也不能把门锁上,为了不让妻子生出可悲的怀疑之心——她并不狡猾,但是特别多疑。如果,我突然打开门,被她发现了怎么办?

不。此外,这一切本就无用。我的书房里没有镜子。我需要一面镜子。另一方面,我妻子的注意力都在家中,对我来说,我只需要出现在家里就行,但这正是我不想要的。

对您来说,独处意味着什么?

陪伴自己,周围没有外人。

是的,我向您保证,这是一个独处的好方式。在记忆中,有一扇小窗,在康乃馨花瓶和茉莉花瓶之间。她微笑着,蒂蒂正在用钩针钩着羊毛围巾——哦,天哪,就像让人无法忍受的贾科米诺老先生脖子上的那条,还有人给他投过慈善会主席的推荐票。您的这位好朋友,非常令人生厌,尤其是当他开始谈论私人秘书的恶作剧时,昨天……哦,不对,什么时候来着?前天下雨了,广场变成了一个湖,阳光洒落在水面上,泛着珠光。上帝,这是多么混乱:有轨电车穿过交叉路口,在拐弯处发出可怕的尖叫声,狗逃跑了……您躲进一家台球室,慈善会主席的秘书也在那里。您开始和您的朋友德拉·韦内拉(绰号昆塔德奇马[1])比赛,对方一旦出现失误,他毛胡子的下面就会显出微微的笑容。然后呢?之后发生什么了,离开台球室?在微弱的灯光下,走在潮湿荒凉的街道,忧郁的醉汉唱着一首那不勒斯老歌,在很多年前,几乎每晚您都从山村里的栗树丛中听到这首歌。您去山村中度假,为了和亲爱的咪咪待在一

---

[1] 绰号昆塔德奇马(Quintadecima)为音译,原意为"新月后的第十五天"。——译者注

起，但她后来嫁给了年迈的受勋者德拉·韦内拉，他一年后便去世了。哦，亲爱的咪咪！在这里，这里打开了一扇您记忆的窗口……

是的，是的，我亲爱的朋友，我向您保证：这，是一个独处的好方法！

Ⅳ. 我如何独处

我想以一种全新的、不同寻常的方式独处。和您的想法完全相反：这种方法就是，***没有自我，而是以一个外人的身份。***

您觉得这就是发疯的第一个迹象吗？

或许是您没有好好反思。

也许疯狂已在我心中生根，我不否认，但是请相信，我告诉您的这个方法是唯一的独处之道。

与您在一起时便没有孤独；孤独就是没有您的陪伴，只有一个外人。地点或人物保持着这样的状态，所有一切完全忽视了您，您也完全忽视了一切，您的意志和感觉就会处于或者说迷失于一种痛苦的不确定性中，它停止了您的确定性，停止了您最深层的意识。真正的孤独是，处在一个为自己而活的地方，这个地方对您来说，既没有痕迹，也没有声音，您是一个外人。

我想要这样的独处方式。没有自我。我的意思是，没有那个曾经我认识的自我，或者我认为的自我。我和某个外人待在一起，其实我已经能模糊地感觉到，我已经无法摆脱他，并且他已经成为我自己的一部分了：一个与我密不可分的外人。

我注意到，他是一个人。这一个人，或者说我需要和一个人待在一起，把他放在我面前，以逐渐了解他，与他交谈，这个需求让我很是苦恼，这是一种介于厌恶和惊慌之间的感觉。

如果对别人来说，我不是他们一直以来所认识的我，那么我是谁？

或者，我从没想过自己鼻子的形状；也没想过我眼睛的大小，或者颜色；前额宽或者窄；等等。那是我的鼻子，那是我的眼睛，那是我的前额，那是我不可分割的部分，然而我总是沉浸在自己的事务中，沉浸在自己的想法中，沉浸在自己的感情中，所以我完全没有时间去关心它们。

但是我现在这样想：

"其他人呢？其他人根本不在我心里。对于那些只从外部观察我的想法、感受的人，他们能看到鼻子，我的鼻子。他们能看到一双眼睛，我的眼睛。我看不到但他们能看到。那么我的想法和我的鼻子之间有什么关系呢？对于我来说，没关系。我不用鼻子进行思考，我思考的时候也不会注意到我的鼻子。但是其他人呢？其他人看不到我的内心，所以注意到了我的外在，我的鼻子？对于其他人来说，我的想法和我的鼻子关系密切，假如我的思想很严肃，但鼻子形状奇怪，那么人们就会开始大笑。"

因此，接下来，我沉浸在新一轮的痛苦中：在我活着的时候，在生命里的各种行为中，我无法代表我自己。我无法用其他人看待我的方式看待我自己，无法将自己的身体置于眼前，像观察别人一样观察它。当我站在镜子前的时候，我似乎被禁锢住了。身体失去了主动性，每一个出现在我眼前的手势都是虚构的、重复的。

我看不到活着的自己。

几天后发生的事可以证明，我被这种形象袭击了，可以说，几天后，当我和朋友斯泰法诺·菲尔博散着步聊天儿的时候，我被街上一面镜子中的形象吓了一跳，在这之前我从未注意到。那个形象持续了不足一秒，然后我就被禁锢住了，随之而来的是身体主动性的消失，于是我开始了研究。我一开始无法认出自己。我脑子里有一个外人边走边聊天的形象。我停了下来。我当时的脸色应该非常苍白。

菲尔博问道："你怎么了？"

"没什么。"我说。

我又被一种奇怪的惊愕和厌恶之情入侵了，我想：

"我在那一瞬间看到的，真的是我的形象吗？真的是这样吗？我，从外面看，当我没有思考的时候，我还活着？总之对其他人来说，我就是镜子里那个外人——那个人并不是我认识的我，而是**一个人**，之前我意识到了，但是不认识。这个外人，如果不是通过这种方式出现，我就无法看到他，在意外的一秒之中。这个外人，只有其他人才能看到和认识他，但是我却不能。"

从那时起，我就专注于这个令人绝望的话题。我跟着这个外人走去，这个外人既存在于我的身体里，又试图从我身体中逃离。我不能停留在镜子前，因为他会迅速变成那个我不认识的我。那个为别人存在的人，我认不出来。其他人看得到他在生活，但是我看不到。我也想要看到和认识那个其他人看到和认识的那个我。

我再说一遍，我仍然相信，这个外人是独自一人。对所有人来说，他都是独自一人，就像我相信只有一个我。然而很快这场令人难以忍受的戏剧变得更加复杂了：随着**十万个莫斯卡尔达**的发现，无论是对其他人还是对我自己来说，所有这些人都拥有共同的名字莫斯卡尔达，如此丑恶残酷；所有的莫斯卡尔达都在我身体中，身体也只有一个，哎，**一个人**和**谁也不是**，如果我把他放在镜子前，呆呆地、静止地看着他，那么我便夺取了他的思想和意志。

这时我的戏剧更加复杂化，我那不可思议的疯狂也开始涌动了。

V．追寻外人

我给您讲讲，在我疯狂的初期，以哑剧形式上演的一幕幕短剧。在家里所有的镜子前，我都从前往后地观察我自己。为了不让妻子发现，我总是焦急地等待她出去见朋友或者购物，只有这样我才终于能自己独处一会儿。

我不想像喜剧演员那样，开始研究自己的动作，比如通过脸上的表情来表达不同的感情或心灵的激荡。相反，我想要意外地撞见自己自然的举止,以及脸上表现出来的心灵的激荡:突如其来的惊讶(比如,为每一件小事,把眉毛一直抬到发际线上,张开眼睛和嘴巴,脸变长,就像有根线提着一样);深深的悲伤(我皱着眉头,想象着我妻子的死,忧郁地半闭上眼皮,就像注视着悲伤一般);激烈的愤怒(我咬紧牙,想象着有人打了我一个耳光,我皱了皱鼻子[1],张开下巴,眼露凶光)。

但是首先,那惊讶,那悲伤,那愤怒都是假的,它们不可能是真的,因为,如果是真的,我就无法看到它们了,只要我看着它们,它们就会立即停止;其次,让我惊讶的原因有千千万万种且各不相同,脸上的表情也是不可预测的,它会根据我不同时刻和条件下的心灵感受而不停发生变化(对于悲伤和愤怒来说,同理);最后,我承认,对于一个单一而坚定的惊讶,对于一个单一而坚定的悲伤,对于单一而坚定的愤怒,我确实假设了这些表情,我看到的这些表情,和其他人看到的不同。比如,对于一个害怕我的人,或者对于一个准备道歉的人,又或者对一个想要嘲笑我的人,我生气时的表情是不同的。

啊!我仍然具有足够的理智来理解这一切,但是,它无法让我摆脱我那不切实际的疯狂,无法让我放弃自己的事业并且为自己而活,而通达不去观看自己,不去考虑他人这一境界。

我的想法是,别人看到的我是**一个人**,并不是那个我认识的我。这个我,是只有通过别人的眼睛,从外部观察才能认识

---

[1] "arricciare il naso",原意为"闻到刺鼻的气味时皱鼻子",引申义为"嗤之以鼻"。——译者注

的我，让我注定只能成为一个外人，尽管他在我体内，尽管他属于我（所以"我的"实际上并不属于我！）。尽管对于其他人来说，这是我的生活，但我自己看不透，这个想法让我再也无法平静。

我怎么能忍受这个外人？对我来说，这个外人是我自己吗？但我为什么看不到他呢？为什么我像被诅咒了一样，在其他人以及我自己的外部凝视之下，要永远背负着它，将他放在我身体中呢？

Ⅵ. 终于

"你知道我跟你说什么吗，真杰？已经过去四天了。毫无疑问，安娜·萝莎应该是病了。我要去看看她。"

"我的迪达，你在做什么？你觉得合适吗？在这种烂天气下？让蒂耶戈去，或者让尼娜去问问情况。你想要冒着生病的风险吗？我不想这样，绝对不想。"

当您完全拒绝一件事的时候，您的妻子会怎么做呢？

迪达，我的妻子，戴上了帽子。然后将毛皮大衣放到我手上，让我帮她拿着。

我窃喜。但是迪达在镜子里发现了我的微笑。

"你笑什么？"

"亲爱的，我看到，我对你如此顺从……"

于是我又请求她，至少，如果她朋友真的是嗓子疼的话，她不要和朋友待太久。

"不要超过一刻钟。我求你了。"

我保证,她不到傍晚不会回家的。

她一出门,我便高兴地搓着双手,单脚转圈。

"终于!"

Ⅶ. 空气的线

首先,我想镇定下来,等待焦虑和喜悦的痕迹从我脸上消失,等待内心的感觉和思想的运动在我体内停止。这样一来,我就可以像带着一个陌生人一样,带着我的身体走到镜子前,就像把自己的身体放在自己眼前一样。

"来吧,"我说,"我们走!"

我走过去,闭着眼,双手伸出,摸索着走。当我碰到衣柜的面板时,我站在那儿等待,仍然闭着眼,以获得内心的绝对平静和绝对冷漠。

但是一个该死的声音在我内心响起。是他在说话,那个外人,也在那里,在我面前,在镜子里。也和我一样,闭着眼,在等待。

他在那里,可我看不到他。

他也看不到我,因为他也和我一样,闭着眼。但他在等什么,在等他自己?在等着看我?不,*他是可以被看到的;他看不到我*。他对我来说,就像我对其他人一样,我可以被看到,但是我不能看到自己。我睁开眼睛,但是我可以像看一个外人那样看到他吗?

第一章

这就是问题所在。

我遇到过很多次这样的情况：我的眼睛不经意间看到了镜子中正在看我的人。在镜子里，我没有看到我自己，却被对方看到了。对方没有看到他自己，但却看到了我的脸，看到我注视着他。如果我也从镜子中看我自己，也许我还能被镜子那边的人看到，但再也看不到镜中人了。人不可能既看得到自己，又看得到别人在照镜子。

我在思考，闭着眼睛，我自问：

"我的情况现在不同了吗？或者还是一样？当我闭着眼睛的时候，我们是两个人：我在这里，他在镜子里。当我睁开眼睛的时候，我得阻止他成为我，我成为他。我应该看到他而不是被他看到。这样可能吗？我马上就能看到他了，他也会看到我，我们将认识彼此。非常感谢！我不想认出我自己；我想认识那个我身体内的他。可能吗？我最大的努力应该包含：我不要在自己身上看到自己；我要用我自己的眼睛让我被看到，就好像外人一样，而这个外人，所有人都能看到，我却看不到。因此，保持冷静，停止一切生活和注意力！"

我睁开眼睛。我看到了什么？

什么也没看到。我看到自己。是我，在那里皱着眉，承载着我的思想，脸上满是厌恶。

一股强烈的厌恶之情袭来，我真想朝着自己吐口唾沫。我忍住了，抚平了皱纹，试图慢慢减弱目光中的锐气。就像这样，当目光逐渐缓和的时候，我的形象逐渐消失，几乎离我远去。在镜子这边的我也消失了，几乎要倒下去。我感到，接下来，我会入睡，但我睁大眼睛硬撑着。我阻止自己的感觉，那种被我眼前的那双眼睛抓住的感觉。那双眼睛，可能会进入我的眼睛。但是我失败了。我能感到那双眼睛。我能看到那双眼睛在我面前，但我也能感受到，它们也在我身上。我感受到，它们是属于我的。不是固定在我身上，而是在它们自己身上。如果一会儿我不能感受到它们，我也就看不到它们了。

哎，就是这样：我能够看到它们，但不是已经看到了它们。

就这样，我理解到这样一个事实，我将实验变成了一个游戏，我突然在镜子中露出了苍白的微笑。

"认真点，白痴！"我对着他叫道，"有什么可笑的！"

出于本能的愤怒，我在镜中的表情迅速发生变化，随之而来的是一种令人惊讶的冷漠，我甚至能看到我的身体脱离了我独裁的精神，它就在那里，在我面前，在镜子中。

啊！终于！他在那里！

他是谁？

什么也不是。**谁也不是**。一具屈辱的身体，等待有人来认领。

"莫斯卡尔达。"在长时间的沉默后，我低语道。

他没有动，站在那里惊讶地看着我。

他也可以有别的名字。

他在那里，像一只走失的狗，没有主人，没有名字，我们可以叫他弗利克,或者弗洛克,随便。他什么也不是,也不认识自己。为了生存而生存,但不知如何生存。他的心脏在跳动,但他自己不知道。他在呼吸,但他自己不知道。他动了动眼皮,自己却没有意识到。

我看着他淡红的头发,额头坚硬而苍白,眉毛如重音符号,眼睛呈绿色,角膜上布满了黄斑。眼中透着惊讶之情,没有在观察;他的鼻子歪向右边,是一个漂亮的鹰钩鼻;红胡子盖住了嘴;坚实的下巴微微上翘。

对,它原本就是这样的:那些毛色,天生如此,不由他自己决定,否则他就可改变自己的部分相貌,变成另外一副相貌——比如刮掉那些胡子。但是现在他就是这副模样。随着时间的流逝,头发会秃或变得花白,皮肤皱皱巴巴、松松垮垮,口中没有牙齿。或者会遇到一些不幸之事,这使他变形,人们给他装上一只玻璃眼睛或者一条木腿。但现在他就是这样。

这是谁?是我?他也可能是另外一个人!那个人,可能是任何人。他可以拥有那些淡红头发,如重音符号的眉毛,朝右偏的鼻子,不仅我自己如此,可能另外一个人也会这样。但为什么这个人,这样的人,就必须是我呢?

我活着,但并不代表我自己的任何形象。但是为什么我必须要看到自己的身体,并将其作为自己必不可少的形象呢?

那个形象,就站在我面前,几乎是不真实的,就像一个幻影。我无法认识这样的自己。例如,如果我从未在镜子中看到自己怎么办?那么我将不会在那个陌生的脑袋中产生思想?但是，还有很多其他人，他们想通过我的头发，头发的颜色来审视我的思想，但那些头发可能会掉光、变白、变黑、变金；通过绿色的眼睛，但它也有可能是黑的或者深蓝的；通过鼻子，但它也有可能是直的或者扁平的。我也可能会感受到，自己对那身体深深的厌恶，我感受到了。

然而，总而言之，对所有人来说，我红色的头发、绿色的眼睛和那歪鼻子，以及与那个身体有关的一切，对我来说什么都不是。对，什么都不是！每个人都可以将那具身体带走，然后将其塑造为他们自己认识和喜欢的莫斯卡尔达，根据不同的状况和心情，今天以一种方式，明天换一种方式。当然我自己也是……但是，是的！我认识他吗？我能知道他的什么？我注视他的那一刻，就够了。如果我不想要或者感觉不到（镜子中）的自己，那么他对我来说也是一个外人，他有这些面部特征，但是可能还有其他一些特征。从我凝视他的那一刻起，他对我来说就是另一个人。他不再是小时候的模样，也不是年老时的样子。今天我试图通过昨天的他重新认识他，以此类推。在那个顽固又坚硬的脑袋中，我可以放入我需要的所有思想，点燃最变化多端的幻象，比如：一片星光下平静而神秘的森林；一个孤独又雾蒙蒙的港口，黎明时分，从这里缓缓驶出一艘幽灵般的船；城市中的街道在耀眼的阳光下充满生机，红色的光线照亮了城市的面孔，使窗子的玻璃、镜子、水晶闪耀着五彩的光。突然间我关掉了幻想，那个脑袋又顽固又坚硬地愣在那里，只剩下冷漠又震惊的脸庞。

第一章

他是谁？**谁也不是**。一具可怜的身体，没有名字，等待着某个人来带走他。

但是，突然间，在我这么想的时候，发生了一件令我感到恐惧而不是惊讶之事。

我无意中看到眼前那具可怜的、屈辱的身体上，那冷漠又震惊的脸庞带着可悲的不安。这具身体皱着鼻子，翻着白眼，向上抿着嘴，试图紧锁眉头，仿佛要哭一样；这样停留了一会儿，然后突然而来的喷嚏让这副面庞剧烈地抖了两下。

它自己首先无法平静了，为了一丝不知来自何处的空气，那具可怜的、屈辱的身体，他没有告诉我任何事，他处于我的意志之外。

"为了健康。"我告诉他。

我第一次在镜中观察到我疯子般的笑容。

Ⅷ．所以呢？

所以，什么也没有：这就是结论。如果您觉得太少的话，以下是我妻子迪达想要拿到的第一份清单，它来源于一时单纯的喜好，以及由此引出的毁灭性思考和可怕的结论。我是说，这让我注意到我的鼻子向右歪。

1. 直到现在为止我一直相信，我不是为了别人存在，而是为我自己存在。

2. 我无法看到自己活着。

3. 我无法看到自己活着，所以我对于自己来说就是一个外

人，也就是说，这个外人能被别人看到和认知；每个人用他的方式认识这个外人，但是我无法认识自身。

4. 我无法站到这个外人面前来看他和认识他；我可以看到自己，但无法看到他。

5. 我的身体，如果从外部来看，他对我来说就像一个幻影。他不知道他活着，他待在那里，等着谁来把他拿走。

6. 这个身体，我自己将他拿走，他一次次成为我想要的和我感觉到的，同样，其他人也可以将他拿走，用其他人自己的方式给他一个真实。

*7. 最后，这个身体对于他自己来说，什么都不是，**谁也不是**，一丝空气就可以使他打喷嚏，然后第二天就可以把他带走。*

结论

目前有两个结论：

1. 我终于明白为什么我妻子迪达叫我真杰。

2. 我开始去寻找，我对于那些较为亲近的人来说，到底是谁。与此同时，我想要戏弄般地拆解他们所理解的我，并乐在其中。

第二章

第二章

Ⅰ. 我在，您在

您可以这样反驳我：

"可怜的莫斯卡尔达，你为什么没有想到，那些发生在你身上的，也会发生在别人身上？你所认为的自己和别人眼中的你并不是一个人，那么别人也不一定就是你认为的那样，等等。"

我是这样回答的。

我想到了。但是冒昧地问一句：您也这样想过吗？

我本想如此假设，但我不相信这件事。我相信的是，如果您也有这种想法的话，那么它会深深植根于您的脑海之中，正如它深深植根于我脑海之中一样，每个人都会如我一般疯狂。

您很真诚，您脑子里从未出现过要看到自己活着的想法。您试图为自己而活——做得好，不必考虑对于他人而言您是谁这一问题。这并不是因为对于您来说，别人的评价不重要，而是因为您总是幸福地幻想着，您所展现的自我正是他人眼中的您。

那如果有人指出您鼻子朝右歪了怎么办……没有过吗？如果昨天您撒了谎……也没有过吗？一件一件的小事，离开，没有结局……总之，如果某一次您注意到您眼中的自己和别人眼中的自己不同，您会怎么办？（您很真诚。）您什么都不会做，或者几乎什么都不做。您顶多就是保持了完美的自信，认为别人误解了您，误判了您，如此而已。如果这对您很重要，您就会试图去纠正它，去澄清，去解释；如果您不在乎，您就任其发展。您耸耸肩，感叹道："哦，终于，我有自己的意识，这就够了。"

不是这样的吗？

我亲爱的先生，请原谅我。既然您说出了如此宏伟之辞，就请允许我在您头脑中放入一个小小的念头吧。它就是：您的意识与此无关。如果对您来说意识是全世界，那么我不会告诉您它毫无价值。为了使您满意，我要说，我也有我的意识，我的意识也一文不值。因为我知道，您也有自己的意识。是的，它们之间如此不同。

请原谅我以哲学家的口吻说话。但是，对您来说，意识就是绝对之物，这就足够了？如果我们孤独地存在于世界上——也许是的，但是，我亲爱的朋友，那就不会有意识了。很遗憾。（这个世界上）有我，有您。很遗憾。

所以，您说您有自己的意识就够了，是什么意思？别人怎么看您，比如，随心所欲地、不公正地评价您，您确信自己不伤心吗？

哦，拜托，如果不是那些人，谁给您这种安全感？谁给您安慰？

您自己呢？如何？

啊，我知道，是这样的：您固执地相信，如果别人站在您的立场上，那么他们也会遇到同样的情况，他们像您一样行事，毫无偏差。

很棒！但是您这样说的根据是什么？

哦，我还知道：在某些抽象的和普遍的原则上，抽象地、普遍地来讲，就是在生活中的具体的、特殊的情况之外，大家都可以达成共识（代价不大）。

但是，当所有人都谴责、反对、嘲笑您时，您应该怎么办？显然，他们无法像您一样，认识到发生在您身上的特殊情况中的一般原则，也无法在您所采取的行动中认识自己。

那么对您来说意识是什么？为了感受孤独？老天！孤独让您感到害怕。那么您该做什么？在脑子里幻想，所有人的头脑都像您的头脑一样。所有的头脑都是您自己的。您一点头，这些头脑就像被您用一根无形的线拉着，告诉您是或否，否或是；如您所愿。这让您感到安慰，感到安心。

在那儿有一场精彩的球赛，这样的自我意识对您来说，就已经足够了。

II．那么？

然而您知道这一切的依据是什么吗？我来告诉您。这是基于上帝永远守护您这一基础。这一假设的前提是，对您和对其他人而言，真实都是同一概念。

这种真实驻于您体内，游离于您之外。您能看到它，能触碰到它，在体内也能，如果您愿意，您还能抽烟（或烟斗？），您只需要一点点儿看着烟圈消失在空中。毫无疑问，所有处于您周围的真实，并不具有比烟雾更多的坚固性。

您否认？看看，我和妻子住在父亲建造的房子里，这是母亲早逝后父亲新盖的，为的是离开那老房子，他和母亲曾住在那里，那里充满着温暖的回忆。我当时还是个孩子，我后来在最后那一刻才意识到，父亲留下的房子并未完工，它几乎是敞开的，所有人都可以进去。

拱形门没有门，只有一个拱形架，两侧都架在前院未完工的高墙之上。下面的门槛是坏的，柱子的棱角处已经开始掉漆。眼前这一切让我想到，父亲让它这样吊在空中，空空荡荡的，也许就是因为，他认为死后将房子留给我这件事值得告诉所有人，也就是说，这房子就相当于是留给大家的，也是给**谁也不是**的；因此，门是没必要掩住的。

只要父亲还活着，就没人会进到那个院子里。地上还有好多带浮雕的石头，路过的人看到它们，会以为这是一个短暂停工但会很快恢复的工厂。但是，一旦鹅卵石和墙壁间开始长出青草，那些无用的石头就会马上变得又老又破。随着时间的推移，在父亲死后，它们就变成了邻家老太的座椅。起初她们犹犹豫豫，一个一个地，冒险跨过门槛，好像在寻找一个可以安静乘凉的隐蔽之所。然后，看到没人说什么，她们便让母鸡也在那儿溜达一会儿，把这座庭院当作自己的，然后将蓄水池中涌出的水当作自己的。她们开始在那儿洗衣服,然后晒干。最后,紧绷的绳索以及飘扬的白床单和衬衫,发出耀眼的光,她们将闪着油光的头发解开披到肩上,像猴子一样,互相在对方头上"寻找"些什么。

对于她们的入侵,我不讨厌,也不喜欢,尽管有一位老妇人让我特别恼火,她眼睛干巴巴的,身上那件掉色的绿背心让她的驼背显得更加突出,她又胖又脏,让我的胃翻江倒海,她上半身衣服沾满了奶渍,抱着一个脏兮兮的婴儿,婴儿泛红的头皮上沾满了乳痂。妻子任由她们待在那里,自有她的考虑,因为她需要她们,然后把厨房的残羹剩饭或者不穿的衣服作为补偿(送给她们)。

这个院子位于斜坡之上,这是一条普通的路,路面铺着鹅卵石。我再次看到自己,我还是一个小男孩,假期从寄宿学校出来。我在深夜望向新房的某一个阳台。斜坡上的鹅卵石泛着白光,中央的大水池发出神秘的响声,这响声给我带来无尽的痛苦。铁锈几乎侵蚀了铁杆上红色的清漆,铁杆是用来支撑栓桶绳子的滑轮的;我感到,那铁杆上褪去的清漆是可悲的,铁杆好像生病了一样。它病了,那夜风吹动了绳索,铁杆忧郁地吱吱作响,也许它是因此而生病。荒凉的院子上空星光熠熠,澄澈的天空被一层灰雾遮蔽,似乎被永久地固定在那里了。

父亲去世后,宽托尔佐替我负责相关的事务,他想要将父亲留给他住的房间用隔板隔出一套小公寓用来出租。我妻子没有反对。不久之后,一位沉默寡言的退休老人搬到了这里,他穿戴整齐,干净朴素,个子不高,瘦小却挺拔的身躯带着军人的气概,脸上精力充沛,但脸色略差,像一个退休的上校。脸颊两边,有两只典型的鱼眼,就像用笔描上的一样,被印在了布满细纱般紫色血管的脸庞上。

我之前从未注意过他,我从未在意过他是谁,他如何生活。有几次在楼梯上碰见他,他非常有礼貌地和我说"早上好"或"晚上好",毫无疑问,在我印象中,邻居是非常客气的。

他提醒过我,但我从未怀疑过,他抱怨那些蚊子整晚都在骚扰着他,他认为这些蚊子来自房子右边的大仓库,在父亲死后,宽托尔佐把这些仓库变成了肮脏的出租屋。

"啊,是的!"为了回应他的抱怨,我那时感叹道。

我清楚地记得,我的感叹中包含着不快的情绪,这种情绪并非源于骚扰我房客的蚊子,我是对那些宽敞干净的仓库感到不快,我自小看着它们被建造,我在那里奔跑。很奇怪,那些白得晃眼的石灰墙让我兴奋,潮湿的新工厂让我陶醉,跑起来嘎嘎作响的路面也被溅满了石灰。阳光从大铁窗中射进来,人们不得不闭上眼睛,那些墙壁亮得刺眼。

然而,那些从出租屋里租来的老式篷车,一拖三,车里腐烂的褥草和冲洗它们的水散发着恶臭,这也让我想起儿时乘坐马车的快乐。那时我们去度假,沿着大路,在空旷的田野中,我似乎能听见四周响起节日庆典的铃声。因为有这段回忆,我似乎又可以忍受附近的出租屋了。更重要的是,即使附近没有出租屋,众所周知,在里基耶里,人们也会遭受蚊子的侵袭,每家每户都用蚊帐。

当我邻居一脸自豪地朝我喊道,说他不用蚊帐,因为蚊帐让他感到窒息时,我嘴角露出了微笑,谁知道这一笑给邻居留下了什么样的印象。我的笑容表达了惊讶和同情。他无法忍受蚊帐,但对我而言,即使所有蚊子都从里基耶里消失,我也会一直使用它,因为它带给我快乐。它就像网一样,高高挂在空中,在床的四周伸展开来,没有一点褶皱。人们可以看到房间,但无法透过薄纱看到无数小孔里的部分。孤立的床似乎笼罩在一片白云之中。

自那次见面后,他可能会对我产生什么看法,我没多想。我仍然会在楼梯上碰到他,听到他如往常一样说"早上好"或"晚上好",我仍然觉得他很客气。

但我可以向您保证,在他礼貌地对我说"早上好"或"晚上好"时,我在他心里已经变成了一个十足的傻子,因为我对那群女人,对洗衣房的恶臭,对蚊子的入侵都很宽容。

如果我能从他内心看到自己,我就不会再这样想:"天哪!我的邻居多有礼貌啊!"相反,他认为我无法看清我自己,我想说的是从外部来看,但是在他看待一些事物和人的内部视角中,他让我以他的方式活着:一个十足的傻子。我当时不知道,还一直在想:"哦,上帝啊!我的邻居多么有礼貌!"

Ⅲ. 请允许

我敲开了您的房门。

躺着吧，舒服地躺在您的长椅上。我坐在这里。您说不。

"为什么？"我问。

啊，在这个单人沙发上，您那可怜的母亲去世了。对不起，我没有为她出一分钱，您也没有为了世界上所有的黄金把她卖了，这我信。但是见过她的人都很诧异，人们心想，在您布置得如此精致的房间内，您为什么把这沙发留在这里，褪色如此严重、如此破旧不堪的沙发。

这些是您的椅子。这是一张小桌子，这样的桌子在世界上不会再有第二张了。那是一扇对着花园的窗子。窗外有松树，有柏树。

我知道。在这个房间里您度过了很多美妙的时光，和窗外的柏树一起。但与此同时，您为了她，伤害了和您朋友的友情，他之前几乎每天都来看您，现在他不仅不来了，还到处跟大家说您疯了，真的疯了，住在这样的房子里。

"所有柏树在前面排成一排，"他继续说，"先生们，二十多棵柏树，看起来像墓地。"

他不知休息。

您半闭着眼睛，您耸着肩膀，您呼吸着。

"品位！"

因为在您看来，这确实是一个品位、意见和习惯的问题。请不要怀疑珍贵事物的真实性，正如您现在高兴地看到它并触摸它。

您离开了这所房子，三四年后再回来，用现在的灵魂再看看它，您就会看到这个珍贵的真实是什么样的。

"看看吧，这是房间吗？这是花园吗？"

看在上帝之爱的份儿上，希望没有别的亲人死在那里，因为那样的话，您就可以看到种满柏树的墓地。

现在您说大家都知道，灵魂会改变，每个人都可能犯错。

这确实是老生常谈。

然而我并不奢望告诉您什么新东西，我只想问您：

"那么，亲爱的上帝，您怎么表现得好像您不知道一样？为什么您仍然认为只有您当下的真实才是真实？您惊叹，您恼怒，您大声嚷着是您朋友弄错了，无论您的朋友怎么做，这个可怜的家伙，都不可能拥有和您一样的灵魂。"

Ⅳ. 再一次抱歉

请让我说最后一件事来作为结束。

我不想惹怒您。您说，您不希望自己的意识受到质疑。我忘了，对不起。但是我知道，我知道，您的内心并不是我从外部看到的那个"您"。我没有恶意。我希望至少在这一点上说服您。您知道，您感受到，您愿意，这些都不以我的方式，而是以您自己的方式。您甚至一度相信您的方式是正确的，而我的是错的。我不否认，这是有可能的。但是您的方式有可能成为我的方式，或者反之亦然吗？

让我们从头开始。

我可以相信您跟我说的所有事。我相信它。我给您把椅子，您坐下来，让我们达成共识。

经过一个小时的交谈，我们完全理解了对方。

明天您回来找我，双手捂着脸，大喊道：

"怎么能这样？您明白了什么？您不是跟我说过要如此如此吗？"

如此如此，完美。但悲惨的是，您，我亲爱的朋友，您永远不会知道，我永远不会告诉您，您告诉我的内容在我自己内部是如何被翻译的。您不说土耳其语，不。您和我，使用相同的语言，同样的词语。但是，如果词语本身就是虚空，那么我们有什么错，亲爱的朋友？您在对我说这些话的时候，用您的意思来赋予这些词语意义。在我接收它们的时候，我又不可避免地用我的意思来赋予其意义。我们以为我们了解对方，但事实恰恰相反。

呃，这也是老生常谈，我们知道。我也不准备说什么新东西。我只是反过来问您：

"我的上帝，为什么您仍然表现得好像您不知道一样？在跟我说起您的时候，如果您知道，您说的那个人，对我和对您来说是同一个人，同样，我对于您和对于我自己来说是同一个人，那就需要在我的内心，给我自己一个和您一样的真实，反之亦然。难道这是不可能的吗？"

哎，亲爱的，无论您做什么，您总是以您自己的方式给我一个真实，即使您真诚地认为，您是在以我的方式行动。也许是以我的方式，我不知道，或许是以我的方式。但我永远也无法知道这种所谓"我的方式"是什么。只有从外部看到我的"您"才知道:因此,对您来说这是以"我的方式",但对我来说不是。

也许在我们之外,对您和对我来说,都存在一位我心目中的女士的真实和您心目中的女士的真实,我要强调一下,她们是一样的,不可改变的。这种情况是不存在的。我内心有我认为的真实:我赋予的真实。您内心也有您认为的真实,您赋予的真实。这两个真实对我或对您来说,永远都不会一样。

然后呢?

然后,我的朋友,您需要用这个来安慰自己:我所谓的真实并不比您的更加真实,您和我的真实都只持续了一瞬间。

您的头是不是有点晕了?那么……我们来总结一下。

Ⅴ. 着迷

所以,我想说的就是这个问题,您不应该再说了,您不应该再说您有自己的意识,这已经足够了。

您是什么时候行动的?昨天,今天,一分钟之前?现在?啊,现在您自己承认了,或许您会有行动。为什么呢?天哪,您脸色苍白。您是否也意识到,一分钟前您还是另外一个人?

是的,是的,我亲爱的,您好好想想:一分钟前,在这件事发生在您身上之前,您还是另外一个人。不仅如此,您还是另外一百个人,另外**十万个人**。这与他没关系,相信我,这没什么奇怪的。如果您如此肯定的话,那么您会看到,明天的您和您今天假设的您不一样。

我亲爱的,真实是这样的:它们都处于一种着迷的状态。今天您是一种状态,明天是另外一种。

接下来我会告诉您,它是什么样的,以及为什么。

VI. 我现在就告诉您

您见过正在建造的房子吗,我的房子或者其他人的,在里基耶里?我想:

"看看这个人,他多能干!他挖山,采石,再把石头制成方形,然后一个个摞起来,不一会儿山的一部分就变成了房子。"

山说:"我,是一座山,我不动。"

你不动?亲爱的,看看那些牛车。它们载着你,载着你的石头。它们用牛车载着你,我亲爱的!你以为你就一直待在这儿了吗?它们已经在离你两英里(1英里≈1.6千米)的平原上了。哪里?在那些房子里,看不到吗?一间黄色的房子,一间红色的,一间白色的。两层,三层,四层。

你的山毛榉、胡桃、冷杉呢?

它们在这里,在我家里。你看我把它们处理得多好。谁还能从这些椅子上,柜子里,架子上认出它们?

你是山,你比人巨大得多,你有你的山毛榉、胡桃和冷杉。但人是一个小野兽,他内心拥有你所没有的东西。

人如果一直站着,仅仅用两条腿立着,人会累。像其他野兽一样躺在地上，人会不舒服，会疼，因为，人已经失去了皮毛，还有皮肤，哎，人的皮肤变薄了。于是，人看到了树，心想可以用它做些东西，让自己更舒服。然后他觉得硬邦邦的木头也不舒服，就在上面放上了垫子。人剥了受自己支配的动物般的皮毛，另一些人将皮革盖在木头上，木头和椅子之间还放了羊毛。人躺在上面，很幸福。

"啊！这感觉多好啊！"

金丝鸟在笼子里唱歌，笼子挂在窗棂之间。它是否感受到春天的到来？哎，它或许听到了古老的胡桃枝被制做成了椅子，金丝鸟在叽叽喳喳地歌唱。

也许它们之间能互相理解，叽叽喳喳的歌声和咯吱咯吱的椅子声，是一只沦为囚徒的鸟和一棵沦为椅子的胡桃树的诉说。

Ⅶ. 和房子有什么关系？

也许您觉得这和房子的话题无关，因为您现在看到的房子，您的房子，是城市中所有房子的一部分。您能看到四周的家具，那是根据您的品位和方式选择的，它们让您感到舒适。它们在您周围，给您熟悉又甜美的慰藉，它们因承载着您的回忆而生机勃勃。它们不再是物件，而是您内心世界的一部分，您可以在其中触摸它，感受它，您感到它是您的存在中最确切的真实。

无论是山毛榉、胡桃还是冷杉，您的家具就像是您内心的记忆一样，带着每个家庭独特的气息，它几乎赋予我们的生活以独特的气味，这种气味越是与我们不同，我们就越敏感，当我们刚进入某人家中，我们就立刻会感到一种不同的气息。我看得出来，您很恼火，因为我让您想起了山上的山毛榉、胡桃和冷杉。

似乎您已经开始理解一点我的疯狂了，我对您说的每一件事，您都怀疑。您问：

"为什么？这又有什么关系？"

Ⅷ．在户外

不，出去，不要害怕这件事会破坏您的家具，破坏和谐，破坏对房子的爱。

空气！空气！我们离开家，离开城市。我不是说您可以信任我，但是，出去吧，不要害怕。您可以一直跟随我，走到那些从房子通向乡村的路。是的，路，是它。您真的害怕我会拒绝您？路，路。铺满碎石的路。注意那些碎片，它们是车灯。平安地向前走。

啊，蔚蓝的、遥远的山。我说"蔚蓝的"，您也说"蔚蓝的"，不是吗？是的。还有这附近的栗子林：栗子树，不是吗？您看，您看我们是如何理解对方的，它属于山毛榉科，树干很高，是棕色栗子树。前面是多么广阔的平原（"绿色的"？您和我，我们都说"绿色的"，我们奇迹般地能互相理解）。在那些草原上，您看，您看，罂粟花在阳光下燃烧！啊，什么？

孩子们红色的大衣？是的，我真是个瞎子，那是红色的羊毛大衣，您是对的。我觉得它们像罂粟花。您这条领带也是红色的……在这虚无的新鲜空气中，蓝色和绿色，阳光下澄澈的空气，这多么令人愉悦！您要摘掉您的灰色毡帽吗？您已经出汗了？哎，胖子，您，上帝保佑您！如果您能看到屁股上黑白方块相间的裤子……在下面，在羽绒服下面！我们能相互理解的地方似乎太多了。

乡下！还有什么平静，嗯？您感到有什么在融化？是的，但您知道到底是什么在融化吗？平静。不，不要害怕，不要害怕。您真的认为这里很平静吗？我们来沟通一下。不要破坏我们之间完美的协定。在您的许可下，我在这里只能看到此刻我自己的感受，极其愚蠢，让您，也让我，看起来像幸福的白痴，我们最后归于尘土，归于植物。尘土和植物，它们为了生活而生活，它们也可以活在这愚蠢之中。

我们内心的部分，我称之为平静。您觉得呢？您知道它从何而来吗？它源于一个非常简单的事实，我们现在出门了，或者我们现在离开了城市。是的，我们离开了一个被构建的世界：房屋、街道、教堂、广场。不仅如此，不仅仅是因为它们是被构建的，还因为，我们不是为了生活而生活，而是像这些植物一样，不知为何而活。我们为了一些不存在的东西，来到这里，为了给生活以意义和价值。意义和价值，在这里，您至少可以舍弃一部分，或者您认识到它具有令人痛苦的虚无性。您感到倦怠，感到忧郁。我理解，我理解。这是精神的释放。

这也真的需要您放弃自己。您感到自己在融化,您正在放弃自己。

IX. 云和风

啊!我对存在不再有意识,就像一块石头,一株植物!甚至记不住自己的名字!我躺在草地上,双手交叉放在颈部,看着深蓝天空中的白云,云朵被太阳晒得发亮。我听着那风声,它穿过栗子林,像大海在咆哮。

云和风。

您说了什么?哎,哎,云?风?您不觉得这就是全部吗?您感受到并意识到,那些在无尽的蓝色天空中航行的,不就是白色的云吗?云知道自己是云吗?树和石头都不知道自己是树和石头,它们都忽略了自身,它们是孤独的。

感知云,认知云,我亲爱的朋友,您也会想到水(为什么不呢?),水来自云,随后又重新变成云。是的,这多么美妙。物理学教授给您解释的那点东西就够了。但是为什么要解释为什么的为什么呢?

X. 小鸟

您听,您听:在栗子林里,有斧头的敲打声。在采石场,有镐的敲击声。

人类破坏山林,砍倒树木来建造房屋。在那里,在老城区,在其他的房子里有艰辛、疲惫,以及各种形式的辛苦。人类为了什么？为了一个烟囱，我的先生，为了让烟囱里冒出烟来，然后迅速地散布在这虚无的空间中。

人的每一种思想、每一个回忆，就像那烟一样。

我们在乡下，倦怠让我们四肢松弛。那些来自事物并超越事物本身的情感、幻想和幻灭、快乐和痛苦、希望和失望，对我们来说都是虚无的，转瞬即逝的。我们只需要看看山谷那边的高山，遥远之地，在地平线上或隐或现，在落日中逐渐变淡，融入玫瑰色的水汽中。

就这样，躺在那里，您将毡帽扔向空中。您几乎变成了悲剧，您感叹道：

"哦，人的野心啊！"

是的。例如，那胜利的呼唤，因为这个人，就像那顶破帽子一样，已经开始飞翔，变成了小鸟！是的，这里真的有一只鸟在飞翔。您看到了吗？它用最纯粹、最轻盈的飞翔，伴随着快乐的鸣叫声。现在想想那笨拙的、隆隆作响的机器，以及那想成为鸟的人，想想他的惊异、焦虑和致命的痛苦！这里，振翅和啭鸣；那里，机器刺耳，散发恶臭，前面就是死亡。发动机坏了，发动机停了，再见，小鸟！

"人，"您躺在这草地上说，"让它飞吧！为什么你要飞？你曾经什么时候飞过？"

好样的。您现在在这里说这些，那是因为您在乡村，躺在草地上。起来吧，重新回到城市，您一回去，您就马上会懂得，为什么人要飞。在这里，亲爱的，您已经看到了真正的鸟，它真的会飞，您已经丢弃了对人工翅膀和机械飞行的感受和价值。但您在那里马上能重新获得这种感受，城市里所有一切都是人造的、机械的、简化的——世界中的另一个世界，一个人工的、混杂的、构造的世界，一个人工的、扭曲的、适应的、虚假的、虚无的世界，这个世界只对建造它的人有意义和价值。

走吧，走吧，等等，我帮您飞上去。您太胖了，等等，您背上有几根草……好了，我们走吧。

XI．返回城市

现在您看看这些树，守卫着这里和那里，沿着人行道一字排开，这就是我们的波尔塔·韦基亚大道。消失的空气，可怜的、被修剪过的城市之树！

这些树很可能不会思考，动物很可能没有理性。但是如果树会思考，我的上帝，如果它们会说话，谁知道这可怜的东西会说什么。我们将它们种在城市中央，它们为我们提供阴凉。它们似乎在问，自己的形象被映照在商店的橱窗里，它们在这里干什么，在这庸庸碌碌的人群之中，在脆弱又喧嚣的城市生活中。种植了那么多年，它们仍然是可悲的、光秃秃的树苗。耳朵这种东西它们没有。但谁知道呢，或许树需要安静才能成长。

您去过城墙外的奥利韦拉小广场吗？去过白色的特里尼塔里老修道院吗？那个小广场，充满了梦幻和遗忘的气息，那里静得奇怪，一个孩子从老修道院黑色的、长满苔藓的瓦片上跑了出来，早晨的笑，是深蓝色的。

每年，大地都以其愚蠢的、母性的天真，来试图利用这种寂静。也许它认为，那里不再是城市，人们已经抛弃了那个小广场，于是试图把它夺回来，悄悄地、慢慢地在路面铺上草。没有什么比那些纤细、胆小的草叶更清新、更柔嫩的了，整个小广场很快就被小草涂上亮橙色。但可惜的是，这种状况没有持续超过一个月。那里是城市，不允许草叶发芽。每年都会来四五个清洁工，他们蹲着用铁铲子把草薅了。

去年，我在那里看到两只鸟。铁铲子在粗糙的灰色方块路面上发出刺耳的声音；鸟从篱笆飞到修道院的瓦片上，又飞回篱笆上，摇晃着小脑袋，侧着眼看着，似乎在焦急地问，那些男人在干什么。

"你们没看到吗，小鸟？"我对他们说，"你们没看到他们在做什么吗？他们在给旧路面刮胡子。"

两只小鸟吓得跑了。

它们真幸运，它们有翅膀，可以逃跑！这是很多动物做不到的，没有翅膀的动物被抓住、被囚禁、被驯化，在城市里，在乡村中。它们被迫服从于人类的奇怪需求，这是多么可悲！它们懂什么！它们拉车，它们拉犁。

但或许，这些动物、植物以及世间万物，都有自己的意义和价值，这是人类无法理解的，因为人类被自己赋予的意义和价值所禁锢，然而自然界却常常不认可或忽略这种意义和价值。

人与自然之间需要多一点相互理解。很多时候，大自然通过破坏人类精妙的建筑自娱自乐，例如飓风、地震……但人类不会放弃。重建，重建，像顽固的小野兽。对他来说，所有一切都是重建的材料。因为在他身体里有一种东西，人类也不知道它是什么，但他知道他必须去建造，他必须以自己的方式耐心地改造自然界给他提供的材料，至少是在他需要的时候。但是，人类如果只满足于物，就无法知道物有着自己感受痛苦的能力（除非有完全相反的证据），这些痛苦源于人类的适应行为和建造行为。不，先生！人也把自己当作材料，自我建构，是的，先生，就像建造房子那样。

如果不以某种方式构建自身，您认为您就无法了解自己了吗？如果您不以我的方式构建自身，我就能了解您吗？我们能认知的仅限于我们可以塑造的东西。那知识是什么？也许这种形式便是事物本身？是的，但是，对我来说不完全是这样，对您来说也不完全是：我无法从您给我的形式中认识自我，您也无法从我给您的形式中认识自己。同一件事对所有人都不是一样的，对于我们自身来说，事物也确实在不断地变化。

然而，除了可以赋予自己、他人以及事物的瞬间形式，并不存在其他形式的真实。我拥有的您的真实，是在您给我的形式之中，但这是您的真实，不是我自己的真实。您拥有的我的真实，也是在我给您的形式之中，但这是我的真实，不是您自己的真实。对我来说，如果我没有赋予自己形式，我是不拥有自己的真实的。那怎么办呢？准确地说，就是要构建自身。

啊，您认为只需要建造房子？我一直在构建自身，也在构建您，您也一样。只要情感材料不破碎，只要意志如水泥般坚硬，这种构建就会一直持续。为什么您认为我如此强调坚定的意志和稳定的情感？因为只要有一点动摇，有一点改变，哪怕是细微的变化，我们的真实便再也没有了！我们很快就会发现，那只不过是我们的幻觉而已。

因此，人们以及那些坚定的、稳定的情感都要振作起来，不要让这些刺激变成虚空，不要遇到那些徒劳的惊喜。

但是，漂亮的建筑被建造出来了！

Ⅻ. 那个亲爱的真杰

"不，不，亲爱的，闭嘴。你想让我知道你的好恶吗？我很了解你的品位以及你的想法。"

我的妻子迪达不知道告诉我多少次了，我是一个傻瓜，但我从未在意过。

但是我敢说，她比我更熟悉那个真杰。她一手打造的他！他不是傀儡。如果真的有傀儡的话，那个傀儡就是我。

覆盖？替代品？

如果要覆盖**一个人**，首先需要**这个人**存在。要替换他，同样需要有一个人存在，人们可以抓住他的肩膀，把他拽回来，然后让另一个人取代他的位置。

我的妻子迪达，既没有让人把我覆盖，也没有将我替换。

相反，在她看来，如果我反抗她，以我自己的方式来表达自己的意志，成为摆脱了她的真杰，这似乎才是一种覆盖和反抗。

因为，对她来说，她的真杰是存在的，但是我对她来说是完全不存在的，我从未存在过。

对于她来说，真实的我是她构建的真杰，她构建的真杰的想法、感受和品位和我不同，我也无法改变他，因为一旦改变，他可能就立即成为她不再认识的另外一人，一个她不能理解、不能去爱的外人。

不幸的是，我从未赋予我自己的生命以任何形式；我从不愿意固化在某一特定形式之中。一是因为，我从未遇到过阻碍，这使我在自己和他人面前燃起抵抗或坚持的意志；二是因为，我的思想，我能够想到和感受到与刚才的所思所想完全相反的东西，也就是说，我以坚持不懈的反思来分解和分裂每个已经成形的思想和感受；三是因为，我本性就很容易屈服，这并不是因为我软弱，而是因为，对于那些即将发生的不愉快，我选择不关心或放弃。

然而，与此同时，我又获得了什么？我完全不了解自己，我不曾拥有属于自己的真实，我一直处于一种虚幻的、流动的、柔韧的状态。每个人都以自己的方式，根据他们赋予我的真实，来理解我。每个人都从我身上看到一个莫斯卡尔达，这个莫斯卡尔达不是我，对我自己来说，**我谁也不是**。有很多的莫斯卡尔达，他们所有人都比我更加真实，我再重复一遍，我对于自己来说，不拥有任何真实。

第二章

真杰对于我的妻子迪达来说,是具有真实性的。我无法用任何方式安慰自己,我向您保证,没有比我妻子眼中那亲爱的真杰更愚蠢的生物了。

同时,好的方面是:对她来说,真杰有很多缺点,但她同情真杰的所有缺点!真杰身上有很多方面她都不喜欢,因为那不是以她的方式、她的品位、她的想法构建的。

那么,是以谁的方式构建了真杰呢?

当然不是以我自己的方式。因为,我再重复一次,我无法真正了解我的想法、感受和品位。因此我们清楚地看到,是她构建了他,因为根据她的说法,真杰有那些品位,有那种想法和感觉,以她的方式。我没什么好说的,这就是她的方式,根据她所认为的真实,而不是我的真实。

有几次我看到她哭泣,因为真杰给她带来了痛苦。他,是的先生!如果我问她:

"这是为什么呢?"

她就会回答我说:

"啊,你问我?你刚才对我说的那些还不够吗?"

"我?"

"你,你,是的!"

"什么时候说的?我说了什么?"

我当时很震惊。

很明显,我赋予我的话语以意义,而这个意义仅限于我。真杰的话对她来说就是另外一回事了。有些话,若从我口中说出和从他人口中说出并不会使她痛苦，但若是从真杰口中说出来，就会把她惹哭。因为话从真杰口中说出来，就多了些不知道是什么的意思，能把她惹哭，是的，先生。

所以，我仅仅为自己说话，而她和她的真杰说话。这些通过我的嘴说出的话，对我来说却是未知的。令人难以置信的是：我对她说的话，以及她回答的话，是如何变成了愚蠢的、虚假的、毫无根据的呢？

"怎么会呢？"我问她，"我这么说了吗？"

"是的，我的真杰，你就是这么说了。"

就这样，那些蠢话是她的真杰说的。但它们不是蠢话，并非如此！它们只是体现了真杰的思维方式而已。

而我，多想给他一巴掌，给他一棍子，把他撕碎！但我无法触碰到他。因为，尽管真杰给她带来了不快，说了那么多蠢话，但是迪达仍然很爱真杰。他符合她对于好丈夫的想象，由于他有很多优秀的品质，这些小缺点会得到原谅。

如果我不想让我妻子迪达去另找一个理想丈夫的话，我就不应该去触碰她心中的真杰。

起初，我想也许我的感情太过于复杂，我的思想太过深奥，我的品位太不同寻常，因此，我的妻子经常无法理解或者曲解我的意思。总之，我认为在她的小脑袋和小心脏里，如果不简化我，那么她是无法了解我的想法和感受的。我的品位无法与她的简单达成一致。

"什么？！什么？！她没有曲解我的想法，没有简化我的思想和感受。"当她听到这些话从真杰的口中说出来的时候,我的思想和感觉就已经是被曲解的、被简化的了,她认为我的思想和感觉就是愚蠢的;她也一样,您明白吗?

那是谁将我的感觉和思想扭曲、简化成这样的呢?真杰的真实,我的先生!真杰,她塑造的那个人,只能抱有那些想法、感情和品位。有点小愚蠢,但是可爱。她真心爱着他。

我可以给出很多证据,但这个就够了:这是我想到的第一个。

迪达,当她还是个女孩的时候,就喜欢用某种特定的方式梳头,我和她都特别喜欢这种方式。但她一结婚就改变了发型。我尊重她的方式,所以没有告诉她,我一点儿也不喜欢她的新发型。然后,有一天早上,她突然出现在我面前,穿着浴衣,拿着梳子,打扮成婚前的样子,脸上泛着红光。

"真杰!"她打开门走出来,大笑起来对我喊道。

我站在一旁欣赏,几乎目瞪口呆。

"哦!"我惊呼,"终于!"

但她突然间把手伸进头发,拿掉发卡,突然间松开了她的头发。

"快过来!"她说,"我只想跟你开个玩笑。我知道,我的男人,你不喜欢我这个发型!"

突然间,我抗议道:

"我的迪达,谁跟你说我不喜欢?我发誓,嗯……"

她用手堵住了我的嘴。

"快过来,"她重复道,"你这么说是为了让我高兴。但我不应该取悦我自己,我亲爱的。你难道认为我不知道怎么取悦我亲爱的真杰吗?"

我跑开了。

您懂了吗?她非常确信,她的真杰更喜欢另外一种发型,然后她梳着那种我和她都不喜欢的发型。但她的真杰喜欢这种发型,所以她就牺牲自我。您觉得这还不够?这些对于一个女人来说,不就是真正的牺牲吗?

她如此爱他!

而我,我现在终于明白了一切。我变得善妒,请您相信,我不是妒忌我自己——您可能会想笑!先生们,我不是妒忌我自己,而是妒忌一个不是我的人,一个夹在我和妻子中间的傻子!他不是一个虚幻的影子,请相信我,因为他让我变得像个影子,我,我,我让自己从属于那具身体,就是为了让她爱上我。

您好好想想。一个不属于我的我,也许不会用我的嘴唇亲吻我的妻子。我的嘴唇?不!什么我的!它们在多大程度上属于我?她亲吻的是我的嘴唇吗?她拥抱的是我的身体吗?但是,如果我不是她所亲吻和爱的人,那这个身体怎么可能是我的,怎么可能真的属于我?

您好好想想。如果您知道,她紧紧地拥抱着您,通过您的身体,去品味、去享受她想象出来的另一个人的拥抱,您会不会觉得,妻子以最优雅的方式背叛了您?

第二章

那么，这种情况和我的情况有什么不同？我觉得您的情况更糟！因为，在那个人身上，您的妻子，（请原谅我）在您的拥抱中，假装和另外一**个人**拥抱。然而，我的情况是，我妻子拥抱的是一个不属于我的真实。

这一**个人**是如此真实，以至于我后来非常愤怒，我想要放置一个我的真实，来摧毁她的真实。我的妻子，从来都不是我的妻子，而是另一个人的妻子，我马上惊恐地发现，我仿佛在一个无关的人怀中，一个陌生人。她说她不会再爱我，不会再和我一起生活，一分钟都不会，她跑了。

是的先生，正如您所见，她跑了。

第三章

第三章

Ⅰ. 疯狂是必然的

首先,我想告诉您,简言之,我开始疯狂地想从我熟知的人那里,找到其他所有的莫斯卡尔达,并且一个个摧毁他们。

疯狂是必然的。因为我从未想过,需要打造一个存在于我眼前的、为我自己而存在的莫斯卡尔达。对于这个莫斯卡尔达,我认为,他可以以与我相异的、特殊的方式存在,并且他的行动和我的行动之间不存在逻辑的一贯性。在我不得不理解他们赋予我的真实后,我不得不一次次地表示,这些朋友眼中的这个我或那个我,与我自己本来的样子相反。

但是,在我的视线和判断力之外,对他人来说,我的面貌,以及很多我从未考虑过的事,还应该拥有某种不同的外表、意义、价值。

一想到以上这些,我的胸中就奔涌着反感之情。

Ⅱ. 发现

我的名字,丑陋得有些残忍。莫斯卡尔达,如苍蝇[1]一般嗡嗡作响,带来苦涩的、令人厌恶的烦躁。

---

[1] 主人公的名字叫 Moscarda,意大利语中 mosca 的意思是苍蝇。——译者注

我的精神，连个名字都没有，也没有公民身份：他拥有他全部的内在世界，我从不在任何东西上刻我的名字，无论是内在的或外在的，我从未这么想过。好吧，但对于其他人来说，我那个没有名字的、内在的、不可分割但又与我不同的内心世界，并不属于我。相反，我，是外在的，在他们的世界里，我是一个人——分开的——他的名字叫莫斯卡尔达。这个小而明晰的面貌，并不是我的真实，他在我之外，是他人赋予我的真实，他被称为莫斯卡尔达。

我和一个朋友说话，这看起来并不奇怪，他也回答了我。我看到他的行为——他以平常的声音，以我熟知的手势在说话。他也能认出我的声音，熟知我的手势。其他人也在旁边听我和他的对话，这没什么奇怪的，是的，但直到我想到，我朋友对我说话的语调以及他的声音，与他自己所认为的完全不同，因为他或许都不知道自己说话的语调和声音。他的外表是我看到的外表，是我赋予他的，是我从外在观察到的，但是他说话时，他脑海中并没有自己的形象，甚至连自己在镜子中的形象都没有，他也不知道。

天哪，这也发生在我身上？我的声音呢？我的外表呢？我不再是那个与他人无异的我，一个正在说话并且看着别人的我。我是一个人，其他人看着我，在他们之外，我并不认识我所拥有的语调和外表。我之于我的朋友，正如他之于我，一个无法参透的身体站在他面前，他熟悉的轮廓对我而言却毫无意义。是真的，以至于我说话时都没有想到它们[1]，无法看到它们或者认知它们；但对我的朋友而言，它们就是一切，因为它们代表着我，正如我之于他一样，众多莫斯卡尔达中的**一个人**——莫斯卡尔达。这可能吗？在我忽视的那个世界中，莫斯卡尔达意味着他所说和所做的一切。莫斯卡尔达也是我的影子。莫斯卡尔达独自吃饭，莫斯卡尔达独自抽烟，莫斯卡尔达独自溜达，莫斯卡尔达独自吸了吸鼻子。

我不认识他（莫斯卡尔达），也没想到过他，但是他处于我的面貌之中，也就是朋友们赋予我的那个面貌；在我的说话声中，就是那个朋友们听得到但我却不认识的声音；在我的每个行为中，每个人都以他自己的方式解读我的行为。对他人来说，我的名字和我的身体总是代表着我。

无论我现在认为这多么愚蠢和可恨，我都将永远被烙上这样的烙印，我无法给自己起另一个名字，或者任意地取很多名字，使得这些名字与我每一次不同的感受和行为相符。然而现在，我重复一遍，我习惯了那个与生俱来的名字，本来，我并不需要小题大做，因为我认为自己并不属于那个名字，那个名字只是别人称呼我的一种方式，它并不是个好名字，也有比它还烂的名字。里基耶里不是有个撒丁岛人叫波儿裤吗？是。

"波儿裤先生……"

他并不抱怨，回应道：

"我在这里，服务您……"

---

[1] 指我的声音、外表等。——译者注

他干净清爽地微笑着答道，以至于其他人不得不为叫出这个称呼而感到羞耻。

我们留下名字，留下轮廓，尽管我现在很难在镜子前赋予我自己一个形象，一个与我所代表的不同的形象。虽然我能感到我的轮廓与我的意志格格不入，我想拥有与之不同的轮廓，比如我不想要这样的发色，不想要绿色的眼睛，不想要这个鼻子和嘴巴，但现实却很残酷。我说，就任由这些轮廓这样吧，因为最终我不得不承认，有比它们现在还丑陋的轮廓，而我如果想要活下去，就不得不保留并屈服于它们——（实际上）它们并不可怕，所以，我终究应该感到庆幸。

但是环境呢？我的意思是：我的环境不取决于我吗？环境决定了我，在我之外，在我的意志之外？我出生的环境，我的家庭条件？我从未将这些东西置于眼前，就像评价其他人一样评价它们，每个人以他自己的方式，以他自己特殊的平衡方式，通过嫉妒，通过仇恨或蔑视，又或者通过其他东西，相互理解。

至今为止，我一直相信，我是现实生活中的人，一个男人。如此，足够了。仿佛一切都由我自己创造。但是，那具身体并非由我自己所造，也并非由我亲自取名，这一切都并未出于我自己的意志，这是别人给我的定位。如此，并非我的意志，很多东西被强加于我之上，之内，以及周围。其他人对我施加了很多行为，强加给我很多东西，但我之前从未考虑过这样一个事实，就是他们从未赋予我一个形象，那个他们现在正在攻击的形象,奇怪的形象,敌对的形象。

我的家庭故事!这座小镇中我家庭的故事:我从未想过。但这个故事,对于他人来说,它属于我。我是**一个人**,这个家庭里的最后一个。在我之内,在我身体之内,有家族的印记,不知有多少行为和习惯,是我之前没有想过的,但是其他人,他们从我走路的方式、大笑的方式、打招呼的方式中,能清楚地认出我。我相信我是现实生活中的人,一个平凡的人,尽管我对世事充满好奇,思维活跃,但最终过着无所事事的生活。不,不,对我自己来说,我可以是任意的**一个人**,但是对别人来说不是。他人对我下了很多总结性的定义,这些定义并非来自我,我更是从未注意到。我相信自己是任意的人,我想说,我相信我的懒惰是属于我的,但是对他人来说它不是我的:这是我父亲给我的,这取决于我父亲的财富。这是一种凶猛的懒惰,因为我父亲……

啊!多好的发现。我的父亲……我父亲的生活……

Ⅲ. 根

我觉得,他高、胖、秃。在他清澈的、近乎玻璃般的蓝眼睛里,闪耀着他一贯的微笑,并带着一种奇怪的温柔,有点遗憾,也有点嘲讽的味道,但也有深情,他认为我是他能够承受得起的善意的奢侈品,好像我最终能够配得上他的嘲讽。

除了这个笑容,在他浓密的胡须里——胡须如此之红,印衬得脸颊都变了色,在泛红的胡须下面藏着一个无声的、冷漠的笑，我之前从未注意过。对我的那份温柔，隐藏在笑容之下，浮现并闪耀在眼中，如今看来是非常狡猾又恶毒的：它在一瞬间里能向我显露很多东西，让我脊背发凉。正是那双玻璃般透明的眼睛盯着我，让我着迷，让我忘记这些事情，他对我的温柔正是来自这些事，然而这些事是如此可怕。

但是，如果你过去是个傻瓜，那么你现在仍然是……是的，一个轻率又天真的人，你追随你的思想，从不会停止思索。你永远没有目的，也不会围着它打转，你看着它，直至沉沉睡去。第二天你睁开眼，看到它在你眼前，你不知道，如果昨天有同样的空气和同样的太阳，它怎么会出现呢。你看，我必须喜欢你。手？你在看我什么？啊，这些红毛，指背上也有？戒指……太多了？这个臃肿的领带夹，还有表链……太多金子了？你在看我的什么？

奇怪的是，我看到了我的痛苦，它努力从那眼睛里，从那些金子上转移开来，沿着蓝色的血管出现在痛苦、苍白的前额上，出现在被红色毛发包裹的头颅上，他的红头发和我的一样红——换句话说，我的头发和他的一样红——所以我的头发，非常明显是来自他？而那发着光的头颅，一点一点，在我眼前消失，仿佛被空气吞没了一样。

我的父亲！

在虚无中，现在，一片愕然的寂静，所有无意义以及无形事物的重量，它们懒惰地、沉默地待在那里，却无法穿透灵魂。

那一瞬间，便是永恒。在内心深处，我对盲目的需求和无法改变的事物感到不知所措：时间的监狱；现在出生，不早也不晚；被给予的名字和身体；因果链；那个男人播下的种子，并非我父亲所愿；我借助那颗种子来到这世界；成为那个男人的果实并非我的意愿；我被绑定到那根树枝上；我被那些树根言说着。

Ⅳ．种子

这是我第一次以不同的眼光，来看待我的父亲：从外部，从他的生活中。但这并不是他自己，不是他内心感受到的自己，我无法了解他的内心。但对我来说他完全是个外人，我可以假设在现实中，出现在我眼前的他，是别人赋予的他。

这也许会发生在所有孩子身上。请注意，无论我们这个家庭里有多少事是被他人诟病的，作为一位父亲，人们都是非常尊重他的。然而作为儿子，我总会发现父亲身上的一些耻辱和淫秽之处。请注意，我说的是，其他人不会也不能赋予这位父亲，我所赋予他的同样的真实。如果其他人和父亲说话，或者让他说话，让他笑，让他观察，那么在某一瞬间，人们会暂时忘记我的存在，他们会让我窥见他们认识的那个他（父亲），那个存在于他们眼中的他（父亲），我就会看到他是如何生活的，他是我之外的一个人，他为自己而活，处于与他人的关系中。他是另一个人。是什么样的？我不知道。我的父亲会立即用手或用眼示意，表示我在这里。那个无声无息的示意，立刻在我心里挖了一道深渊。那个离我如此之近的人，突然之间跳了出去，在那里被看到了，像一个外人。我感到生活被彻底地撕碎了，只剩下一个点，那个男人被粘在那里。这个点是可耻的。我的出生与他分离，与他断裂，这是普遍存在的情况，也许是可预见的，但在那个外人的生活中，他的一个姿势、一个行为，都是不由自主做出的。现在这一切让人感到羞耻，让人鄙视和厌恶。父亲眼中也许没有这种厌恶，但我能看到他眼中的懊恼，它在那一瞬间和我眼中的厌恶相遇了。我直直地站在那里，面对着他，双目警惕又有敌意，他并未预料到，（我是）他一时的需求和快乐的出口——他播的种子，他自己并不知道，这颗种子现在站在那里，伸出两只蜗牛般的眼睛盲目地观察着、判断着、限制着他，让他无法随心所欲，无法完全获得自由。对我来说，他是**另一个人**。

V．头衔的翻译

我从未尝试过将头衔从我父亲那里拿走。我总是将它当作我的父亲，我眼中的父亲。我对他的记忆并不多，我母亲去世很早，我被送到一所远离里基耶里的寄宿学校，然后又换了一所，后来又换了一所，我在那儿待到了十八岁，之后我上了大学，然后按部就班地度过了六年的学习生涯，不从任何人那里获得实际利益。这就是为什么我最后被叫回了里基耶里，并且立即结了婚，也不知道这是一种奖励还是惩罚。两年后我父亲去世了，他并没有将自己留给我，没有将他的爱以及其他鲜活的记忆留给我，让人难忘的只有那温柔的笑容，正如我之前所说，他的笑容中带着些许同情和嘲讽。

但是父亲对于他自己来说是什么？现在，我的父亲，他的一切正在死去。他对于别人来说是什么？——他的真实对我来说太少了。当然，他是谁这一问题也取决于其他人，取决于其他人赋予他的真实，他怀疑这种真实，那个对我的笑……现在我明白了，我明白了为什么，真可怕。

"你父亲是做什么的？"我寄宿学校的同学多次问我。

而我会说："银行家。"

因为我父亲，对我来说，就是个银行家。

如果您父亲是个恶棍，那么在您的家庭中，您应该如何翻译这个头衔，以符合您对他以及他对您的爱？哦，他对您来说是个大好人？哦，我知道，您不需要告诉我，我完全能想象一个父亲对孩子的爱，他的大手小心地颤抖着扣上白衬衫领口的纽扣。然后，明天早晨，那双凶残的手，出现在银行柜台上。因为一位银行家，我能完全想象得到，从百分之十到百分之二十，从百分之二十到百分之四十（高利贷的利率），随着他令人憎恨的名声增长，明天这种名声就会变成耻辱，压在他儿子身上，但他儿子现在还一无所知，还徜徉于奇怪的思想中。让我告诉您，什么才能真正配得上那可怜又充满善意的奢侈品，那温柔的笑容，一半同情一半讽刺的笑容。

Ⅵ．凶猛的好儿子

对于这一发现，我眼里充满了恐惧，但这种恐惧被泄气和忧伤掩盖了，我唇边露出一个虚幻的笑容。我怀疑，没有人能真正相信这一切，于是我来到我妻子迪达面前。

她站在那里——我记得——在一间明亮的房子里，身着白色衣服，全身被阳光包裹着，在白底三色镀金的衣柜前，整理新的春装。

我努力着，带着隐隐的、巨大的羞耻感，努力从喉咙里发出一个不那么奇怪的声音，问她：

"你知道……嗯，迪达……我的职业是什么吗？"

迪达手里正拿着一个衣架，上面挂一件灰黄色的纱衣，起初她转过头看着我，就像陌生人一样。她惊呆了，重复道：

"你的职业？"

为了重复上面提出的问题，我不得不品尝那充满苦涩的耻辱感，它几乎全都来自那撕裂的精神。这一次，我的话几乎融在了嘴里：

"是的，"我说，"我是做什么的？"

迪达站着看了我一会儿，然后哈哈大笑起来：

"你说什么？真杰？"

突然间，伴随着那阵笑声，我的恐惧被粉碎了，我的精神在我那盲目需求的噩梦中，在她深刻的询问中，此刻正在冲撞着、颤抖着。

啊，对——对于其他人来说，我是个放贷人。但对于妻子迪达来说，我是个傻瓜。我是真杰。**一个人**在这里，在自己的灵魂里，在我妻子的眼前。谁知道还有多少个真杰，在外部，在里基耶里其他人的灵魂里，或者它仅仅存在于他们眼中。它与我的精神无关，我的精神处于我的内心深处，它自由，不平凡，处于最原始的深处，而对我的看法是由他人创造并赋予我的，主要基于我父亲的钱财和职业。

不？那这和谁有关呢？如果我无法认识到别人赋予我的真实，那我就应该认识到，尽管我赋予我自己一个（真实），为了我自己，而这个真实，它不会比别人对我所作的定义更加真实，也不会比别人为我所构建的那具身体更真实。那具身体现在站在我妻子面前，我甚至不觉得这个身体属于我，因为那属于她的真杰。刚刚说的那些蠢话，把她逗笑了。他居然想知道他的职业。难道他不知道吗？

"善意的奢侈品……"我几乎自言自语地说道，我从沉默中抽出一丝声音，这声音似乎脱离了生命，因为，这个站在妻子眼前的阴影——我不知道是我的哪一部分，以及我是如何对她说话的。

"你说什么？"她用坚定的语气重复着，手上拿着那件灰黄色的衣服。

我没有回答，于是她走上前来，抓着我的一只胳膊，在我眼睛上吹了吹气，就像是要抹去那不再属于真杰的眼神，她知道，她和真杰一样，在这座小城市，她必须装作不知道我父亲的职业是怎样被翻译的。

但是,我难道不比我父亲还差吗?啊!我父亲至少工作过……但是我!我做了什么?一个凶猛的好儿子。一个说着无关紧要的,甚至说些怪话的儿子:发现我自己的鼻子向右偏,或者有着月亮般的脸形。而我父亲的那家所谓的银行,多亏了菲尔博和宽托尔佐这两位值得信任的朋友的运作,才得以继续运转,继续发展。银行里还有几位初级合伙人和两位值得信任的朋友——正如人们所说——共有股份,没有我的阻碍,公司经营一帆风顺,这让所有人都很满意,宽托尔佐把它当作儿子,菲尔博把它当作兄弟。所有人都知道,没必要跟我谈生意,我只需要时不时签个字就够了。我就负责签字,这是我所有的工作。也不是全部,因为会有些人时不时来求我,让我帮他写封推荐信给菲尔博或者宽托尔佐。仅此而已!然后我发现这位朋友下巴上有个小坑,下巴被小坑分成了不对称的两半,这一侧更突出一些,另一侧就不太明显。

　　迄今为止,他们为什么还没把我杀死?哎,他们不杀我,先生们,那是因为,是因为我至今为止没有脱离自我来观察自我。我像一个盲人一般,生活在我所处的环境中,而不管这环境是什么。因为我是在这种环境中出生和长大的,所以这一切都很自然。所以对于别人来说,我也是自然的。他们认识的就是这样的我。他们不觉得我会变成其他人,现在所有人都可以毫无憎意地看着我,对这个凶猛的好儿子微笑。

　　所有人?

　　我突然觉得自己的灵魂中被插入了两双眼睛,它们如四把有毒的匕首——它们是马尔科·迪·迪奥[1]以及他的妻子迪亚曼泰的眼睛，我每天在回家路上，都会见到这两人。

Ⅶ．有必要给所有人一个括号

马尔科·迪·迪奥和他的妻子迪亚曼泰有幸成为（如果我没记错的话）我的第一个受害者。我的意思是，他们是莫斯卡尔达实验的受害者。

但我有什么资格谈论他们呢？我有什么资格赋予其他人外貌和声音呢？我知道什么？我该怎么谈论他们？我从外部看到他们，在我眼中，他们具有某种形式，这必然与他们所认识的自己不同。这样一来，我岂不是对别人做了我所抱怨的同样的错事吗？

是的，当然。但是，正如我一开始说过的，一些小的定式，它们之间有细微差别。每个人都根据自己的意愿，根据他所看到的并真正相信的，以这样或者那样的方式构建自己或者构建他人。然而，这种推测，是必须付出代价的。

但我知道，您仍然不想放弃，惊呼道：

事实呢？哦，天呐，没有事实依据吗？

有，当然有。

生而为人就是事实。我已经告诉过您，出生于此时而非彼时；出生在这个或那个父亲身边，在这个或那个环境中；生为男性或者女性；生于拉普兰或非洲中心；生得美或者丑；有驼背

---

[1] 意大利语原文名字为 Marco di Dio，如果直译的话，此人的名字应为"上帝的马尔科"。——译者注

或者没驼背……都是事实。即使您失去一只眼睛，那也是一种事实，或者您也可能失去了两只眼睛，如果您是一个（失去眼睛的）画家，那就没有比这更糟的事了。

时间、空间，具有必要性。命运、运气、机遇，都是生活的陷阱。您想要存在？就必须面对这些。这并不抽象。必须把存在寓于某种形式中，在这或者在那，以这样或者那样的形式，并且在一段时间后自我消亡。一切事物，只要它持续存在，就会伴随着它的形式的痛苦，为当前的存在形式而苦恼，为不能成为他人而苦恼。那个小矮人，似乎是个笑话，一个兼容是和非的笑话，但这种形象只持续了一分钟就消失了；然后他挺直了身子，高大、敏捷……怎么会这样？他总是如此，在整个生命中他都是同一个人；人必须认命，并这样度过一生。

当一个行为结束时，它就完成了，无法再改变。总之，当一个人采取了某种行动，尽管事后他并不认为事情完成了，但他之前所作的一切，都仍然存在：就像他自己的监狱一样。比如您娶了妻子；或者物质上的，比如您偷了东西被发现了；又比如，您杀了人……那么您的行为后果就像线圈或者触手一样缠绕着您。您对这些行为或结果负有责任，即使您不想要或者无法预见这些结果，您也得自己承担，它们会在你周围聚集，像一股浑浊的、令人窒息的空气。您又如何从中解放自己呢？

既然如此，那么您想表达什么意思呢？您想说，行为作为形式决定了我的或者您的真实？怎么决定的？为什么决定？行为是一个监狱，没有人会否认。但是如果您只想申明这一点，那么请保持警惕，请不要申明任何不利于我的东西，因为我确实说过并支持这个观点，它们是一座监狱，是我们可以想象到的最不公正的监狱。

我想，上帝，我已经证明了这一点。我知道张三。根据我对他的了解，我赋予他一个真实——对于我来说的真实。但是您也认识张三，当然您认识的那个张三和我认识的张三不是同一个张三，每个人都以自己的方式去认识他，以自己的方式赋予他一个真实。现在，对于张三自己来说，他有很多真实，通过我们可以认知到这些真实，因为和我在一起可以认识到一种真实，和您在一起也可以认识到另外一种，和第三个人、第四个人，以此类推。这就意味着，张三和我在一起的时候是**一个人**，和您在一起的时候是**一个人**，和第三个人在一起时又是**一个人**，和第四个人在一起时又是另外**一个人**，以此类推。尽管他有那种错觉，尤其是他自己——对于所有人来说都是同一**个人**，而这正是问题所在，或者这是一个玩笑，如果您愿意的话，我最好这么称呼它。我们结束了一个行为。我们发自内心地相信我们都处于该行为之中。然而我们遗憾地发现事实并非如此，这个行为始终且仅仅属于我们众多自我中的某一个自我，或者是可能的某一个自我。最悲惨的情况是，我们就像突然间被钩住一样，悬置在其中：我想说的是，我们发现，不是所有人都处于那个行为中，如果仅仅以那个行为评判自我，就让我们的整个存在都被牢牢钩住，并悬置在这种行为、这种枷锁之中，好像一切都被归因于这一行为，这是非常不公平的。

"但我是这样的一个人,也是那样的一个人,还是另外那种人!"我们开始叫道。

(我们有)很多种面貌,确实如此,除了那个行为所展现出的面貌,还有很多面貌,但通过这一行为是无法看到多样面貌的。不仅如此,那一个面貌本身,也就是在那一刻被赋予的真实,被完成的行为,通常在不久之后就会完全消失。当然,行为的记忆仍然存在,如果它存在的话,就像一个痛苦的、莫名其妙的梦。另一个,另外十个,所有那些我们可能成为的人,在我们身上一个接一个出现,来问我们自己是如何做到的。而我们却无法解释。

过去的真实。

如果事态不是那么严重,我们就把这些过去的真实称为错觉。是的,没关系,因为每个真实都是一种错觉。就像我现在告诉您的这种幻觉那样,您面前还会有另一个幻觉。

"您错了!"

我们非常肤浅,我和您。亲爱的,我们并没有进入这个玩笑的核心,那是非常深刻和根本的。这个核心就是:存在必然通过形式起作用;形式是存在创造的表象,我们赋予真实的价值以形式;价值会随着存在的形式和行为的外在显现而改变。

在我们看来,其他人肯定弄错了——一个既定的形式、一个被赋予的行为,事实上并不是这样的。但是无法避免的,如果我们一点点地继续前进,我们就会发现我们自己也弄错了,事实也并不是这样的。所以,我们最终不得不承认,一个人永远不会拥有这样或者那样的稳定形式和固化行为。一会儿以这种形式，一会儿以那种形式，所有这些行为在某个时刻看起来都是错误的，或者说所有（这些行为）都是真实的，但都是不同的。因为我们没有被赋予某种真实，这种真实也不存在，但如果我们想要存在，就必须创造一种真实。不可能有一种对所有人都适用的真实，或者一种永恒的真实，真实是持续变化并永远处于变化之中的。我们有权力去幻想，今天的真实是唯一的真实，但是，这种幻想一方面支持着我们的行为，另一方面它会将我们带入无尽的空虚中。因为今天的真实，在明天注定成为幻觉。生命没有结束。它无法得出结论。如果明天得出结论，那么生命就结束了。

Ⅷ. 我们放下一点

您认为我把它看得太高了吗？那我们放下一点。球是有弹性的，但是为了让它重新弹起来，它必须先回到地面，接触地面，然后再回到人们手中。

您想要谈论哪些事实？某年某月某日，我出生于高贵的里基耶里城，在某条街某号的房子里，某位先生和某位女士生了我；我在出生后的第六天在母教会受洗；六岁时被送进学校；二十三岁娶妻；身高一米六八；红头发；等等。是这样的事实吗？

这些是我的特点。您说这是事实数据。您想要由此推断我的真实吗？但这些数据本身并不意味着什么。您认为每个人都给出相同的评价很重要吗？即使这些评价要完整而确切地代表我，那它们代表我哪里？代表我的哪个真实？

或许对所有人来说，存在唯一的真实？但是，我们已经看到了，甚至每个人身上都不存在一种唯一的真实，因为我们自身处于不断变化之中！所以？

这，就是地面。您是五个人吗？跟我来。

我出生在这座房子里，于某年某月某日。嗯，从物理角度看，这所房子的高度、长度，以及窗子的数量对于所有人来说都是一样的；对于你们五个人来说，我于某年某月某日出生，红头发，高一米六八，所以你们五个人就对我的房子和我赋予了同样的真实？对于住在小屋里的您，这座房子就像一座漂亮的宫殿；对于有着一定品位的您来说，这座房子就显得非常俗气；您不喜欢走过这座房子所在的那条街，因为它让你想起您生命中的一段悲伤的经历，您用不快的眼光看着它；然而，您，用充满爱意的眼睛看着它，因为——我知道——对面住着您可怜的母亲，她是我母亲的好朋友。

然而，在那出生的我呢？哦，上帝！对于在这所房子中的五个人来说，这是五个人，一个蠢货在某年某月某日出生了，您以为对于这五个人来说，这是同一个蠢货吗？我对于这个人是蠢货，因为我让宽托尔佐担任银行经理，让菲尔博担任法律顾问；但对于另外一个人来说，这成为我很精明的依据，因为他从我每天带着老婆的狗去散步这一事实中，清楚地看到了我的特性；等等。

五个蠢货。每个人身体里都住着一**个人**。五个蠢货站在您面前，正如您从外部看到的，我是一**个人**也是五个人，正如那房子一样,这五个人的名字都叫莫斯卡尔达,他们没有自己的名字,一个也没有。如果需要指定五个不同的蠢货,是的,如果您叫:"莫斯卡尔达!"那么这五个人都会转过身来。但是每个人都有着同样的外表,这个外表是您赋予的;如果我笑,五个人都笑,等等。

对您来说,我所做的每一件事,不都是五个人中某一个人的行为吗?如果这五个人是不同的,那这个行为会是相同的吗?您会根据您自己赋予我的真实来解读这个行为,赋予它意义和价值。

有人会说:

"莫斯卡尔达做了这件事。"

另外一个人会说:

"什么,这个?他还做了些其他的事!"

第三个人说:

"我觉得他做得很好。他就应该这么做。"

第四个人说:

"这是什么跟什么?他做得非常不好。他应该这样做……"

第五个人说:

"那应该怎么做呢?如果他什么都没做的话。"

如果您能围绕莫斯卡尔达做了或没做什么,围绕他应该或不应该做什么而争论,而不想知道这一个莫斯卡尔达与另一个有什么不同;那么您就会明白,他们相信,他们谈论的是唯一的一位莫斯卡尔达,他的确是**一个人**,是的,是那个站在您面前的人，正如您亲眼所见，亲手所触。当他们谈论五个莫斯卡尔达时，对其他四个人来说，只有**一个人**在他们面前。每个人都拥有一个莫斯卡尔达，如此，正如每个人所见和所感的那样，仅有**一个人**而不是五个人。但如果可怜的莫斯卡尔达能看到和触碰到他自己**一个人**的话，就是六个人——**一个人**和**谁也不是**，哎，正如别人能看到和触碰到那样，如果其他五个人也能够看到和触碰到他。

IX. 关上括号

然而，请不要怀疑，我会尽力给您，您相信的、您所拥有的真实。也就是说，对我的期待会如您所愿。但现在我们清楚地知道，这是不可能的，因为，无论我多么努力地以您的方式描述您，它都仅仅是我所认为的"您的方式"，而不是您和其他人认为的"您的方式"。

但是抱歉，对您来说，除了您赋予我的那个真实，我没有其他的真实。而且我承认，它的真实程度并不亚于我赋予我自己的真实程度。对您来说，它确实是唯一真实的（只有上帝知道您赋予我的真实是什么样的！）；我亦尽可能地站在您的角度描述您，所以您想要抱怨我赋予您的真实吗？

我不认为您就是我描述的那样。我已经说过，根据您所有的可能性，您的存在、境况、关系和环境，您甚至不是您自己所描绘的那个人，而同时是很多人。所以，我犯了什么错呢？是您让我犯了错，因为您相信，除了您赋予我的真实，我没有也不可能有其他的真实。您相信，真实是属于您的：您的想法，您对我的想法,您感到的、您所认为的、您在您身上尽可能认识到的、一种存在的可能性。可是,我对于自己来说,真实到底是什么,不仅您不可能知道,我自己也不能。

X. 两次访问

我现在很高兴,您从一开始就带着嘲讽的微笑,来阅读我的这本小书,两次访问突然到来,一次接一次,向您展示您的那个笑容是多么愚蠢。

您仍然感到困惑——我看到您因为给老朋友留下了坏印象而感到恼火、羞愧,在新朋友突然到访后不久,您就用了一个小借口把那位老朋友送走了,因为您再也受不了在您面前看到他,受不了他在您的新朋友面前谈笑风生。这是为什么?在新朋友到来不久前,您还那么开心地和他谈笑风生?

您怎么就把他送走了?

送走了谁?您的朋友。您真的认为您已经把他送走了?

请您考虑一下。

您的老朋友,就其本身而言,他没有任何理由在新朋友到来之后就被送走。这两个人根本不认识对方,是您把他们介绍给对方的。他们可以在您的客厅里待上半小时,聊聊这个,聊聊那个。任何一方都不会感到尴尬。

您所感受到的尴尬,越是充满既视感,越是难以忍受,您就越能看见两人,一点点地为达成一致而相互妥协。您突然间打破了那种一致性。为什么?因为您(您还不了解他们吗?),在新朋友到来时,您突然发现这两个人如此不同,他们必然会在某一个时刻，再也忍受不了对方，那么您就必须把其中一人送走。您没有送走老朋友，您是把您自己送走了，这一个您是为您的老朋友存在的，因为在新朋友面前，您就感觉到您的存在和您想要的东西已经完全属于另外一个人了。

两个人并非格格不入，他们素不相识，但都彬彬有礼，他们也许天生就很了解对方。但是您突然发现，这两个人也在您身上。您不能容忍一个人的东西和另一个人的混在一起，因为彼此之间没有任何的共同之处。没有，没有，因为您赋予了您的老朋友一个真实，而给新朋友另外一个真实。他们如此不同，以至于您警告自己，如果您和其中一个人在一起，那么另外一个人一定会充满惊讶地看着您，他不会再认识您。他会这样对自己感慨道：

"怎么办？他是这样的人？就这样？"

您发现您正处于两个人的尴尬中，于是您就找了一个小借口以便脱身，不是摆脱他们中间的一个，而是摆脱那两个让您被迫同时出现的人。

加油，回去好好读我的这本小书，不要像之前那样笑了。

您当然会相信，那些可悲之事，会变成经历，或成为已尽之事，亲爱的，那也算不了什么，因为您不仅仅是两个人，您根本无法知道，您到底是多少个人，因为您总认为自己就是一**个人**。

我们继续。

第四章

第四章

Ⅰ. 马尔科·迪·迪奥和妻子迪亚曼泰曾经对我来说是什么样的

我用了"曾经"一词,但他们也许还活着。哪里?也许仍然在这里,我明天可能就会看到他们。但是这里,是哪里?我不再拥有自己的世界。我对他们的世界一无所知,他们假装待在那里。我知道如果明天我在路上遇见他们,他们肯定会离开。我也许可以问他:

"你是马尔科·迪·迪奥吗?"

他也许会这样回答我:

"是的,马尔科·迪·迪奥。"

"您走这条路?"

"是的,这条路。"

"这位是您的妻子迪亚曼泰?"

"是的,我的妻子迪亚曼泰。"

"这条街的名字是叫这个?"

"是叫这个。这条街上有很多房子、很多横街、很多路灯……"

（这对话）就像奥朗多弗语法[1]一样。

好吧，我能够确定的是，他们是马尔科·迪·迪奥和他妻子迪亚曼泰；我能够确定的是，我遇见他们的那条路，那条我曾经遇见过他们的路。能确定这样的真实对我来说已经足够了，就像现在对您一样。我什么时候见过他们？哦，不是很多年前。多么精确的时间和空间！那条路，五年前。

对我来说永恒已经沉淀，不仅仅是在过去的五年间，而是在一分钟和下一分钟之间。我与当时生活世界的距离，大过天空中最远的星星。

在我看来，马尔科·迪·迪奥和他妻子迪亚曼泰是两个不幸之人。他们的不幸在于：一方面，有人说服他们，每天早上洗脸是徒劳的；另一方面，有人说服他们要不遗余力地生活，不仅仅要赚够每天的那一点生活费，还要一夜之间成为百万富翁。"百——万——富——翁！"正如他嘴里一个字一个字说出的那样，他睁大眼睛凶狠地说道。

我当时就笑了，所有人听到他这样说都笑了。我现在感到害怕，我当时之所以嘲笑他，是因为我没有怀疑那不可逆的天命，即经验的规律性。我因此可以认为，这是一个可笑的梦，一个人可以在一夜之间变成百万富翁。但是，如果这条已经被证明的细线——这条细线是指经验的规律性，在我身上断了呢？如果在重复了两三遍之后，这个可笑的梦获得了经验的规

---

1 又称语法翻译法（the Grammar Translation Method），在语法翻译课程中，学生学习语法规则，然后通过在目标语言和母语之间翻译句子来应用这些规则。其代表人物为奥朗多弗（H. Ollendorff）和雅科托（Jacotot）等。——译者注

律性呢？即便如此，我也不怀疑一个人在一夜之间变成百万富翁的可能性。那些幸福地遵循经验规律性的人，根本无法想象那些生活在规则之外的人，正如那里的那个男人一样，是真实的或可信的。

他相信自己是个发明家。

先生们，一个发明家，有一天，他睁开眼睛，发明了一件东西，那就是：变成百万富翁！

很多人仍然记得，他刚从里基耶里农村来到这里时，那野蛮的模样。人们还记得，他当时被最知名的一个艺术家工作室录取，那个艺术家现在已经去世了。他在很短时间内就熟练掌握了大理石的加工技巧。只是有一天，大师想让他为自己的一组作品做模特，该作品在一次艺术展览中以石膏形式展出，它被命名为《森林之神与男孩》。

艺术家能够将奇幻想象无损地转化为黏土，它并不纯洁，但美丽动人，令人称赞。

罪过在那黏土之中。

大师毫不怀疑，他的那位学生身上会燃起将黏土转化为奇幻想象的欲望，他通过那瞬间的、不再受称赞的运动，使它变为永恒，使它备受称赞，在夏日午后热浪的压迫中，整个团队在工作室里挥汗如雨，雕刻着那大理石。

而现实中的男孩却不想拥有那黏土雕塑所表现出来的微笑的顺从。他大声呼救；马尔科·迪·迪奥对自己感到惊讶，在那闷热的瞬间，人们发现他体内突然爆发出野兽行径。

现在，我们是正确的：野兽，是的。那个行为，让人极其厌恶。但是在其他已被证实的行为中，马尔科·迪·迪奥难道就不再是那个老师一直赞扬的、熟知的好青年了吗？

我知道我这个问题冒犯了您的道德。事实上，您回答我说，如果马尔科·迪·迪奥会出现那样的诱惑，这显然表明，他并非老师口中的那个好青年。然而，我可以让您看到，圣徒的生活也充满了类似的诱惑（甚至更加丑陋）。圣徒将其归咎于魔鬼，并且希望自己可以通过上帝的帮助战胜它。因此，您习惯性地对自己施加约束，与此同时，也阻止了那些欲望的产生，或者阻止小偷或杀人犯般的欲望从你身上逃脱。夏日午后热浪的压力，从来都不能融化您一贯正直的外壳，也不能点燃您内心原始的兽性。您可以定罪。

如果我现在开始和您谈论朱廖·切萨雷[1]呢？他的帝国荣耀让您如此钦佩。

"太俗了！"您惊呼道，"他不再是朱廖·切萨雷了。我们欣赏的是朱廖·切萨雷真正属于他自己的地方。"

很好，他自己。您见过他了？只有在您欣赏他的地方，他才是朱廖·切萨雷。那当他不再在那个地方时，他在哪里？他是谁？**谁也不是**？任何**一个人**？谁？

这有必要问问他的妻子卡尔普尼亚[2]，或者俾提尼亚的尼科美底斯国王[3]。

---

1 Giulio Cesare，凯撒大帝，此处是根据意大利语发音译出。——译者注
2 Carpurnia Pisonis，卡尔普尼亚·皮索尼斯，是凯撒大帝的第三任妻子。——译者注
3 Nicomede Ⅳ，尼科美底斯四世，据传与凯撒大帝有超出友谊的关系。——译者注

第四章

　　唠唠叨叨之后，最后这个想法也进入了您的脑海中：朱廖·切萨雷，**一个人**，他不存在。但存在一位朱廖·切萨雷，在生活的大部分时间里，他能代表着自己。毫无疑问，在这一点上，他比其他人都有优势。但就现实而言，请您相信，这个作为皇帝的朱廖·切萨雷，同时也是那个在妻子面前光头、无耻、不忠、装腔作势到令人厌恶之人，同时也是那个在俾提尼亚的尼科美底斯国王面前不知羞耻之人。

　　先生们，问题在于：他们所有人都只能用朱廖·切萨雷这一个名字，而且在一个男性身体中同时住着很多人，甚至住着某个女人。他身体里的这位女性想成为一个女人，却无法找到出路，显然她在那具身体里，就变得无耻且不断犯错。

　　可怜的马尔科·迪·迪奥身上的那个男孩出走了，不管怎样，只发生了一次，那个男孩受到了大师团队的诱惑。他为那一刻自己的行为感到惊讶，他被永远地谴责了。没有人愿意体谅他。他沉迷于奇怪的幻想，想要从这可耻的苦难中逃离，幻想着会有一位女士来到他身边，他挽着她的手臂，没有人知道他是怎样的人，没有人知道他来自身体的哪一部分。

　　大约从十年前开始，他就一直说，自己下周要去英国。但是对他来说，这十年真的已经过去了吗？对于听他说话的人，这十年的确是过去了。他总是下决心下周动身去英国。他要学习英语。或者至少，多年来，他手中总是夹着一本英文语法书。书一直是打开着的，一直停留在那一页。所以那一页，由于手臂的摩擦和夹克的污渍，已经字迹模糊了；而书的其他部分则干净得令人难以置信。但他哪知道书的肮脏程度。他时不时地走在街上，突然转身，皱着眉问妻子几个问题，似乎是要考验一下她的能力和熟练度：

"Is Jane a happy child？"（"简是一个快乐的孩子吗？"）

他的妻子有准备地认真回答道：

"Yes, Jane is a happy child."（"是的，简是一个快乐的孩子。"）

因为妻子也将在下周陪他一起前往英国。

这位女性的表演令人惊讶，但她又令人同情，好像他已成功地吸引着她，并让她在他可笑的梦想中成为忠实的婊子，相信他们一夜之间就会成为百万富翁，这就像是"缺水城市的无味公厕"。您在笑吗？他们对此事极度认真。我这么说，是因为所有人都笑他们。她气势汹汹。她越是气势汹汹，周围的笑声就越大。

而现在，他们已经到了这样的地步，如果有人停下来听他们谈生活构想，即使人们不嘲笑他们，他们也不会感到高兴，而是会带着怀疑甚至是仇恨的眼神，斜眼看着那人。因为别人的嘲笑，已经变成了他们梦想的赖以生存的空气。如果没有别人的嘲笑，他们的梦想便会窒息。

因此，我想解释一下，为什么我父亲是他们最大的敌人。

事实上，我上面提到的那种奢侈的善意，我父亲并不认同。他总是以他特别的笑容，不知疲倦地、慷慨地鼓励着如马尔科·迪·迪奥一样的愚蠢梦想，并以此为乐，他们来到父亲面前哭诉着他们的不幸，他们实际上已经没有太多东西可以失去了，比如他们的人生构想，他们的梦想——财富！

"要多少？"我父亲问道。

"哦，一点。"为了变得富有，他们——"百——万——富——翁"总是缺那么一点钱。我父亲给了。

"什么？你刚才说只需要一点点的……"

"嗯。我之前没有算好。但是现在，只……"

"多少？"

"哦，一点！"

然后我父亲给了，又给了。然后，给到一定程度以后，就不给了。不难理解，我父亲没有让他们看着幻想彻底破灭，他们非但不会感激他，还毫不后悔地将梦想的失败归咎于他。没有人比他们更加愤怒了，他们称父亲为高利贷放贷者。

其中最生气的当数马尔科·迪·迪奥。现在父亲去世了，他将最深的仇恨倾泻在我身上。这并非无缘无故。这是有原因的，因为我在自己都不知道的情况下，继续施恩于他。我让他住在我的一间小屋里，菲尔博和宽托尔佐都没有向他要过租金。现在，这间小屋成为我在他身上做第一个实验的工具。

Ⅱ. 但是一个总数

总数，因为，只需要动摇我的意愿，像做游戏一样，只需要表现得与生命中**十万人**中的**一个人**不同，那么我其他所有的真实，就会以十万种不同的方式改变。

您好好想想，这个游戏一定会让我发疯。或者更确切地说，这种恐惧让我发疯：疯狂的意识鲜明而清晰，先生们，（这种意识）鲜明又清晰得如四月的清晨，明亮又准确得如一面镜子。

因为，在我走着去做第一个实验时，我优雅地掏出我的意志，就像从口袋里掏出手帕一样。我想完成一个不属于我的行为，这个或那个影子的行为，它存在于另一个人的真实中。那个影子如此清晰和真实，如果不是那该死的必然性，使我无法真正见到它并迎接它的话，我会脱下帽子并且和它打招呼。那个影子不存在于我身上，而是在我自己的身体里。这具身体，它对它自己来说**谁也不是**，当它代表我时它属于我，它也属于那个影子，属于十万个影子，它们以十万种方式代表我，这具身体与其他十万具身体不同。

实际上，我不是要去见维坦杰洛·莫斯卡尔达先生，去捉弄捉弄他吗？哎！先生们，是的，这是一个恶作剧（请原谅我眨眼睛了。我需要眨眼睛，像这样眨眼，因为我不知道这一刻我是以什么形象出现在您眼前的，我也不知道您会怎么捉弄我，我通过眨眼来猜测）。也就是说，让他做出与之前不一致的行为——这种行为会突然打破一个人的真实逻辑，如此一来，它不就可以在马尔科·迪·迪奥和其他人眼中被消灭了吗？

可悲之人，殊不知这种行为的后果与您之前想象的不同，在那之后，他代表我向所有人提问：

"您看到了，先生们，您在我身上看到的那个放贷人，他根本不是真的。"

然而另外一个人，不，应该是所有人都会这样惊呼道：

"哦！您知道吗？那个放高利贷的莫斯卡尔达疯了！"

因为，（对于他们来说）放高利贷的莫斯卡尔达会疯掉，但他不会突然被与平时不一致的行为摧毁。放高利贷的莫斯卡尔达不是一个可以捉弄或嘲弄的影子，一个绅士应该受到应有的尊重。他高一米六八，他的红头发像他父亲的，他父亲是银行的创始人，他的眉毛像重音符号，鼻子右偏，像我妻子迪达的那个傻真杰——总而言之，一个被上帝释放的绅士，发疯了，他冒着风险把自己和他人眼中的所有莫斯卡尔达都拖进了精神病院。哦，我的上帝，这还包括那个我妻子迪达的可怜的真杰。如果您允许的话，我也玩弄了自己，我轻快地微笑着。

我冒着风险，也就是说，我们所有人都冒着风险，正如您所见，我们平生第一次去了精神病院；但对我们来说这还不够。我们应该冒着生命的风险，这样我才能找到一条最终的（**一个人**、**谁也不是**、**十万人**的）健康之路。

但我们无法预见。

Ⅲ．公证书

我首先去了公证员斯塔姆帕的办公室，在克罗切菲索大街 24 号。因为（呃，这些是非常确切的数据）在某日某年，在维托里奥·埃马努埃莱三世的统治下，在上帝的恩典和意大利国王的意志下，在圣城里基耶里，克罗切菲索大街 24 号，有一位皇家公证员斯塔姆帕·卡夫·埃尔迪奥先生，52岁或53岁。

他还在那里？24号？你们所有人都知道公证员斯塔姆帕？

哦，那就可以确定我们没错。我们所有人都认识那个公证员斯塔姆帕。但当走进办公室时，您无法想象我的心境。抱歉，如果您认为，进入公证员的办公室，起草任何公证书，都是世界上最自然的事；如果您说，所有人都认识公证员斯塔姆帕，那您怎么可能想象得到我的心境呢？

我告诉您，我那天去做了我的第一个实验。总之，您也想和我一起做这个实验，是不是？我的意思是，去探究隐藏在平和自然的日常关系之下，隐藏在那些在你看来最平常、最正常的关系之下，隐藏在所谓的真实事物的平静表象之下的可怕玩笑。玩笑，看在上帝的份儿上，您每五分钟都会生一次气，并对您身边的朋友大喊大叫：

"很抱歉！但您怎么能看不到这个呢？你是瞎子吗？"

不，他没有看到它，因为他看到了另外一个东西，当您相信他能看到您所见的事物时，那么事物就如您所愿。相反，他如果看到的是他相信的东西，那么您就是瞎子。

所以我说，这个笑话，我早已看透。

现在，我走进那个办公室，带着我酝酿已久的思虑。我感到它们在我体内一下子炸开了锅，大乱起来。我想让自己保持清醒和定力，毫不动摇地保持冷漠。与此同时，您可以想象，当我看到眼前严肃、认真又可怜的斯塔姆帕先生时，我爆发出雷鸣般的笑声,毋庸置疑,我可以成为他眼中的我,并且我也确信,他对我来说,是那个每天在镜子前系着黑领带,周围放着他所有东西的那个人。

您现在明白了吗?我想眨眼,对他眨眼,狡猾地表示:"注意下面!注意下面!"我的上帝,我甚至想开个没有恶意的玩笑,突然伸伸舌头,动动鼻子,撇撇嘴,改变他认为的我的真实形象。是认真的吗?认真的,来吧,我是认真的。我得做实验。

"所以,公证员先生,我在这里。但是抱歉,您经常处于这安静的环境之中吗?"

他猛然转身,对着我说:

"安静?哪里安静了?"

事实上,在那一刻克罗切菲索大街的行人和车辆川流不息。

"是的,街上当然不安静。但是,亲爱的公证员先生,在书架那布满灰尘的玻璃门后面,有那么多的文件。您听不到吧?"

他不安且惊愕地看了我一眼,然后认真听着:

"我听到什么了?"

"那嘎吱嘎吱声!啊,爪子,不好意思,您的金丝雀的爪子,抱歉抱歉。指甲太长了,那爪子在镀锌笼子上面刮来刮去……"

"对,是的。但这意味着什么?"

"哦，没什么。锌皮的刮擦声不会让您精神紧张吗？"

"锌皮？谁注意到了？反正我没有……"

"然而，锌皮，您想想看！在笼子里，在金丝雀的小爪子下，在公证员的办公室里……我打赌，这只金丝雀不会唱歌。"

"是的，先生，它不会唱歌。"

公证员以某种方式看着我，我谨慎地不再谈论那只金丝雀，以免影响实验。至少在一开始，尤其是在那里，在公证员面前，不能让他对我的心智产生任何怀疑。我问公证员先生，是否知道在某条街上有这样一栋房子，属于已故的弗兰切斯科·安托尼奥·莫斯卡尔达先生的儿子维坦杰洛·莫斯卡尔达……

"不就是您吗？"

"是的，就是我……"

真是太棒了，真遗憾！在公证处，在尘封的旧书架上发黄的卷宗中，这就像几个世纪之后，人们谈论属于某个维坦杰洛·莫斯卡尔达的房子……更是因为，是的，我在那里。在场者和订约人，在公证员的办公室，但谁知道公证员是如何看待他的办公室的，从哪些方面看的，他闻到的味道和我闻到的味道是否一样。谁又能知道，公证员是如何看待我用遥远的声音谈论着那所房子，从哪个方面看的。而我，我，在公证员的世界中的我，谁知道他对我多好奇……

啊，历史的乐趣，先生们！没有什么比历史更加宁静。生活中的一切事物都在眼皮子底下不停变化着。没有什么是确定

第四章

的。想知道不同的情况如何确定，想看到让你痛苦和不安的事情如何终结，会带给我们无法平复的焦虑。一切都在历史中被确定，一切都在历史中终结：无论事情多么痛苦，多么悲惨，它们都留在了那里，被固定在三四十页的书本中——那些，在那里。它们永远不会再改变，至少邪恶的批判精神不会满足于毁灭理想的结构，在这个结构中，所有的元素都相互配合，您就在那里欣赏着，有果便有因，因果之间逻辑严密，每个事件都在某年某日，在内韦尔斯公爵那里，精确又连贯地展开，如此类推。

为了不破坏这一切，我不得不把自己带回公证员斯塔姆帕那静止的、短暂又沮丧的现实之中。

"我，是的，"我赶紧告诉他，"就是我，公证员先生。那个房子，认证它属于我，对您来说没有困难，对吧？就像我已故的父亲弗兰切斯科·安托尼奥·莫斯卡尔达的所有遗产一样。是的！而且这个房子现在是空置的，公证员先生。哦，它很小，您知道的……应该有五六个房间，有两个侧翼——是这么说的吗？很好，低矮的主体……它是空置的，公证员先生。这个房子我可以随意处置。所以现在您……"

在这里，我弯下腰，非常认真地低声向公证员透露我打算做的事——我暂时不能在这里告知，因为我对他说：

"公证员先生，这件事只有你我知道，一直到我认为合适的时机为止，它都处于专业保密状态。您懂吗？"

"知道了。"但是公证员又告诉我，为了完成公证，他需要一些数据和文件，需要我到宽托尔佐处的柜台去取。我有些失望，然而我还是站了起来。我移动的时候，产生了一个该死的愿望，我问公证员：

"我怎么走路？打扰一下，您至少告诉我，在您眼中我是如何走路的！"

我几乎无法控制自己。但我还是在打开玻璃门的时候，忍不住转身，用怜悯的微笑对他说：

"是的，看着我的脚步。谢谢！"

"您说什么？"公证员问道，他惊呆了。

"哦，没什么，我说我带着我的步伐走了，公证员先生。但是您知道有一次我看到一匹马在笑吗？是的，先生，当马在走路时。如果您现在去看看马的脸，您可能会来告诉我，您并没有看到它在笑。因为马从来都不会用脸笑！公证员先生，您知道马用哪部分笑吗？用它的两半屁股。我向您保证，马走路的时候是用屁股笑的，是的，有时候，当它看到某些东西或者它思考一些事情的时候。如果您想看马笑，您看他屁股就好了！"

我知道告诉他这些是没有意义的。我什么都知道。但是如果我重新回到当时的心态，去看看旁人的目光，我似乎就能感受到可怕的压抑，我认为那些眼睛给了我一个形象，这个形象并非我所知。它既不可知，我也无法阻止它。除了讲述这些疯狂之事，我还要实践它们。比如在街上打滚，踏着舞步飞越街道，这边眨眨眼，那边伸伸舌头，做个鬼脸……然而我是那么认真，认真地走在路上。你们也是，多棒啊，你们所有人都那么认真。

Ⅳ．主干道

所以，公证员需要房子的文件，现在我得去柜台取它们了。

毫无疑问，那些文件属于我，因为房子是我的，我可以支配它们。但是您仔细想想，虽然那些文件都属于我，但如果我不去偷，或者以暴力从他人手中抢走的话，我就无法拥有它们，即使所有人都知道拿着文件的人并非它的合法拥有者——我想对放贷人维坦杰洛·莫斯卡尔达这样说。

对我来说，这很明显，因为我从外部仔细地看到他，我活在别人眼里，而不在我自己眼中，那个放贷人维坦杰洛·莫斯卡尔达先生。但是无论是别人还是我自己，他们只看到那个放贷人，对于其他人来说，我是去柜台，去抢，或者以疯狂的暴力夺取属于我自己的文件。

我能说那不是我吗？还是说我是别人？一个人的行为，想要在他人眼里表现得与自己相悖或不一致，这很不合理。

如你所见，我继续在路上走着，以完美的意识继续走在疯狂的主干道上，这就是我的真实之路，它清晰地向我敞开，带着我所有的形象、活生生的形象、镜像中的形象、之前的形象，和我一起。

但是我疯了，因为我有这个清晰的镜像意识，你们同样走在这条路上却不想注意到它，你们的精神是正常的，你们尽可能地对走在身边的人大吼：

"我，这个？我，这样？你是个瞎子！你是个疯子！"

Ⅴ．压迫

此时，偷窃是不可能的，至少不能现在去偷。我不知道那些文件在哪里。宽托尔佐或菲尔博的地位最低的下属都比我有权力。当我进去的时候，我被叫去签字了，员工的眼睛甚至都没有从他们的登记簿上抬起来，即使有人抬头看我，很明显，他的眼神也不会在意我。

尽管如此，他们仍旧在那里如此热心地为我工作，通过他们辛勤的工作，不断重复着镇上的人对我的可悲看法，我就是一个放贷人。没有人想过，我不得不感激他们的工作热情，并且用我的赞美去取悦他们，我感到被冒犯了。

啊，那家银行，多么严肃，多么荒凉，这令人厌烦！三个大房间被一排磨砂玻璃隔断，每个房间都有五个黄色的小窗口，它们与窗框和门框一样黄；墨迹到处都是；几个纸条粘在隔板的破裂处；还有老旧的陶土砖地板，沿着三个大房间铺成一排，中间已经被磨坏了；每个窗口前的砖也都被磨坏了；可悲的走廊，每个房间一边是玻璃隔板，一边是两扇大玻璃窗，落满了灰尘；还有墙上那些用铅笔或钢笔画上的一排排数字，在墨迹斑斑的小桌子上，在两扇窗子之间，窗框的漆剥落了，上面挂着几条破布，被熏得黑乎乎的，凹凸不平，布满灰尘，

第四章

挂在那里。周围弥漫着一股陈旧的臭味,混杂着登记簿纸张的酸臭和一层烤箱散发出的味道。几把老式旧椅子让人感到忧郁又绝望,椅子就放在桌子旁,没有人坐,大家都嫌弃它们,把它们丢在那里。对于那些可怜无用的椅子来说,它们显得格格不入,它们的处境和状态是一种冒犯,一种痛苦。

很多次,我一进门就想指出:

"怎么会有这种椅子?如果没人使用的话,将它们留在这里,难道不是一种谴责吗?"

但我忍住了,我什么都没说,并不是因为我对那种地方的椅子心怀悲悯之情,这会吓到别人,(我如果这么说)或许还会显得愤世嫉俗。我忍住了,是因为我认为那些人一定会嘲笑我,他们知道我多么不关心生意,然而我居然关心一把椅子,这多么奇怪。

那天一进门,我就发现最后一个大房间挤满了职员,他们时不时爆发出一阵阵笑声,因为他们目睹了斯泰法诺·菲尔博和某个名叫图罗拉的员工之间的争吵,他的穿衣方式也被大家嘲笑。

可怜的图罗拉说,一件长夹克让他看起来特别矮,它也许还会让他看起来更矮。他说得对。但是人们没有发现,他又矮又胖,还很严肃,留着宪兵队长的大胡子,夹克后面短了一截,露出他结实的臀部,这多么可笑。

现在他站在那里,快哭了,心灰意冷、满脸通红,被同事的笑声鞭打着,他抬起一只胳膊,试图告诉菲尔博:

"哦，上帝，您说得太多了！"

菲尔博压在他身上，对着他的脸大喊，疯狂地摇着他举起的手臂：

"你知道什么！你知道什么！你连个字母 O 都不认识，虽然你长得像个 O！"

后来我知道了，（吵架的）起因围绕一个向银行申请贷款的人——他是图罗拉介绍来的，图罗拉说与他很熟，说他是个优秀的人，而菲尔博则持相反意见，我被一阵反叛的冲击力淹没了。

没有人知道一直折磨着我的精神的秘密，没有人理解其中缘由，当我推开两三个职员时，所有人都惊呆了：

"你呢？"我对菲尔博叫道，"你又知道什么！你有什么权力向他人要这么多钱！"

菲尔博转过身惊讶地看着我，似乎不相信他自己会用这种眼光看着我，叫道：

"你疯了？"

我不知道怎么了，当面扔给他一个巧妙的回答，让所有人都愣住了：

"是的，就像你的妻子一样，你应该把她关进疯人院！"

他来到我面前，脸色苍白，抽搐着：

"你说什么？我应该？"

我撞了他一下，大家很是吃惊，我为此感到恼火，此时意识不恰当地干涉着我的内心，以至于我什么都听不到，于是我轻声回答，以打断他的话：

第四章

"是的,你知道得很清楚。"

我什么都听不到,似乎说了这些话之后,我就变成了一块石头,我不知道在菲尔博愤怒地跑开之前,他咬着牙对我吼了些什么。我只知道,宽托尔佐突然来到吵架现场,把我拖到经理办公室的时候,我在笑。我笑是为了表明,我不再需要那种暴力了,一切都结束了,尽管我内心感觉良好,但是在那一刻,尽管我在微笑,我却可能会杀人,宽托尔佐的专横和严厉激怒了我。在经理办公室,我开始环顾四周,我突然陷入晕眩,但这并没有阻止我清晰又准确地感知事物,在宽托尔佐疯狂地指责我时,我忍住了笑,问了些有关房间物品的幼稚问题,然后就从房间里出来了。同时,我不知道,我不由自主地想到,小时候的斯泰法诺·菲尔博在自己的背上扣了些纽扣,尽管人们看不出来他有驼背,但是他的整个身体就是一个驼背的形状:是的,在那修长的鸟腿上——但它们很优雅,是的是的——有一个优雅的假驼背,这很好。

这样一想,我突然就明白了,他必须利用自己不寻常的智慧,来报复那些小时候和他不同的、衣服上没有纽扣的人。

我思考着这些事情,一遍又一遍,好像是我体内另一个人在思考,那个人如此奇怪,他冷漠又心不在焉,这种冷漠并非出于自卫(如果需要的话),而是代表着一个部分,在这个部分背后,我将可怕的真相隐藏起来,我已经清楚地知道这可怕的真相是什么,这些真相对我来说已经变得越来越清晰。

"是的,这里的一切,"我想,"在这种压迫中,每个人都想把自己的内心世界强加给别人,就好像它在外面一样,所有人都必须以他的方式去看待它，没有人不以他自己的方式来看待事物。"

所有银行职员的愚蠢面孔又浮现在我眼前了，我继续思考着。

但是，是的！但是，是的！大多数人设法在自己身上构建的真实是怎样的呢？可悲的、短暂易逝的、不确定的。对，压迫者便利用这一点！或者说，他们自欺欺人地认为可以利用这一点，让其他人或其他事物承受或接受他们赋予别人的意义和价值，让所有人都以他们的方式去看去听甚至去说。

我站了起来。我走到窗前，冷静了许多。然后我转向宽托尔佐，打断了他的话，他小心地看着我。我继续说着那折磨我的想法：

"什么？什么？他们自欺欺人！"

"谁自欺欺人？"

"例如，那些想压迫菲尔博先生的人！他们自欺欺人，因为事实上，我亲爱的，除了语言，他们什么也没办法强加给他人。语言，懂吗？就是每个人以自己的方式理解并重复的词语。嗯，不过这也形成了所谓的广泛意见。在某一天，那些人会发现自己被某一个词打烙印，这个词源于人们每天都重复的词中的某一个，这真是一个灾难。比如放贷人，比如疯子！但是，当一个人急于说服他人，你是他眼中的你，他根据自己的判断，来确定你对他人的价值，而且不允许他人以其他方式来看待你、评判你时，你怎么能平静呢？"

当我再次看到斯泰法诺·菲尔博时，我几乎没有时间去注

第四章

意宽托尔佐有多么惊讶。我从他眼睛里看到,他在顷刻之间变成了我的敌人。我也立刻变成了他的敌人。敌人,因为他不明白,我的话很残酷,但是刚才在我心中激荡的情绪并不是针对他们的。我本来准备为刚才的那些话请求他的原谅;但我像醉了一样,我做了更过分的事。他径直来到我面前,样子可疑又可怕,他对我说:

"你说关于我妻子的那些话,你给我做出解释!"

我跪了下来。

"是的!你看!"我对他大叫,"就是这样!"

我用前额触地。

我立刻对自己的行为充满恐惧,或者说,他和宽托尔佐可以相信,我是为他而下跪的。我看着他们笑着,咚,咚,然后又朝地上磕了两下头。

"你,不是我,懂吗?在你妻子面前,懂吗?你就应该这样待着!而我和他,还有其他所有人,在所谓的疯子面前,像这样!"

我气愤得一跃而起。他们俩看了对方一眼,有些害怕。一个问另一个。

"他在说什么?"

"一些新词!"我叫道,"你们想听吗?去吧,你们去那里,去那个把他们关起来的地方,你们去吧,去听听他们在说些什么!去把他们关起来,因为你们应该这么做!"

我抓住菲尔博的衣领,摇晃着他,笑道:

"斯泰法诺,你明白吗?不仅是我在生气,你也生气了。

不，我亲爱的！你的妻子说你什么？她说你是个浪荡子、小偷、骗子，你除了说谎什么都不会做！这不是真的。没有人会相信她。但是如果你不把她关起来，嗯？所有人就都能听到她在说话，被这些话吓到。我想知道这是为什么！"

菲尔博几乎不敢看我，他转向宽托尔佐，似乎是带着愚蠢的烦恼向他征求意见，然后说：

"哦，干得漂亮！但是没有人会相信这些流言！"

"啊，不，亲爱的！"我朝他吼道，"好好看着我的眼睛！"

"你想说什么？"

"看着我的眼睛！"我向他重复道，"我没有说那是真的！请你放松。"

他死命盯着我看，脸色苍白。

"你看到了？"我对着他叫道，"你看到了？你自己！你也有了，现在，你眼睛里有了恐惧。"

"但为什么我觉得你是个疯子？"他对着我的脸吼道，气急败坏。

我放声大笑，笑了很久，很久，停不下来，我注意到了，我的笑给他们俩带来恐惧和困惑。

我突然安定下来，他们盯着我，这次轮到我被他们的眼神吓到了。我做的事、说的话，对他们来说没有任何理由和意义。为了让我自己恢复过来，我生硬地说道：

"总之，我今天来到这里，就是想问问你们，关于某个马尔科·迪·迪奥的想法。我想知道，为什么他那么多年不付房租，为什么还不把他赶走。"

我没有料到，对我这个问题，他们更为震惊。他们看着对方，似乎想从对方的视线中找到一种支持，以帮助他们维持在我面前的形象，或者说，他们没有料到，会突然间在我身上找到一个未知的存在。

"你说什么？你在做什么演讲？"宽托尔佐问道。

"你们不明白吗？马尔科·迪·迪奥，他没交房租！"

他们继续瞠目结舌地看着对方。我放声大笑，然后又突然严肃起来，假装对着某个站在他们两人面前的人说道：

"你什么时候处理过这些事情？"

他们比之前更加惊讶，甚至有些惊恐，转过来，看着我，看看是谁说了他们想说并且即将对我说的话。但这是怎么回事？我居然说了这些话！

"是的，"我严肃地继续说道，"你清楚地知道，我父亲早在多年前，就把他留在了那房子里，并且一直没有打扰那位马尔科·迪·迪奥。你怎么现在突然想起来了？"

我将一只手放在宽托尔佐的肩膀上，然后用另一种不太严肃的、痛苦疲惫的语气补充道：

"我警告你，亲爱的，我不是我的父亲。"

然后我转向菲尔博，将另一只手放在他肩膀上：

"我需要你立即对他采取行动。立刻把他赶走。我是房主，由我指挥。我想要我所有房子的清单和与之相对应的文件。它们在哪里？"

语言清晰，问题明确。驱逐马尔科·迪·迪奥，需要房屋清单和文件。好吧，他们不理解我。他们像两个傻子一样看着我。我又不得不重复一遍我的需求，让他们带我到文件收纳架那儿，去找公证员斯塔姆帕所需要的文件。菲尔博和宽托尔佐像两个机器人一样把我带进了放满架子的小房子里。当他们正要进去的时候，我抓住菲尔博和宽托尔佐的手臂，把他们留在了外面，关上了他们身后的门。

我很确定，在那扇门后，他们一定停留了一会儿，惊奇地看着对方的眼睛，然后其中一个对另一个说道：

"他一定是疯了！"

VI. 偷盗

当我独自一人时，那个架子，像一场噩梦一样，立即向我袭来。它为自己而活，我感到它庞大的存在，一个古老的、不可侵犯的保管者，它怀揣所有的文件，它如此古老，如此沉重，满是虫眼。

我看着它，然后又迅速低下头，看看周围——窗子；一把旧藤椅；一张更旧的桌子，没有装饰、黑色、布满灰尘。其他就什么都没有了。

光线穿过满是铁锈和灰尘的窗户照了进来，很是暗淡。我透过窗子，隐隐约约能看到铁窗的栏杆和屋顶红瓦片的最前端。

屋顶的红瓦片，护窗板的漆木，以及那些玻璃，无论它们多么脏，都散发出无生命事物的不可动摇的平静。

我突然想起父亲的手，它戴满了戒指，父亲举起手，从架子上的盒子中寻找文件。我能看到那些手指，像蜡烛一样，又白又胖，手上戴着戒指，指背上长满红毛。我看到他的眼睛，像玻璃一样，深蓝色，透着恶毒的光，在一沓沓文件中寻找着。

然后，我恐惧地抹去那手指的魅影，我眼前出现了自己的身体，我身着黑衣，稳稳地站在那里。我能感觉到那具身体，它呼吸急促，想要进去偷窃。我看到我的手打开了文件架的门，我不寒而栗。我咬紧牙齿，摇晃着我自己。我愤怒地想：

"在哪里，这么多文件，我需要的文件在哪里？"

同时，我想要干点儿什么，我把一沓一沓的文件抱下来，扔到桌子上。在某个时刻，我的手臂开始酸痛，我不知道自己该哭还是该笑。偷我自己的东西，这不是开玩笑吗？

我再次环顾四周，突然间，我内心深处不再有信心。我正要完成一次公证。但去做公证的人是我吗？我突然间有这样的想法，所有与我无法分离的**外人**都进到了这间房子中，他们准备用我的手去完成一次偷窃行为。

我看着我的手。

是的，这是我认识的那双手。但它也许只属于我一个人？

我赶快把手藏到身后。然后，这还不够，我闭上了双眼。

在那黑暗中，我感受到一种意志，所有外部的实在物都消失了。我感到恐惧，甚至快要支撑不住自己的身体。我本能地用一只手撑住桌子。睁开双眼：

"是的！是的！"我说，"完全没有逻辑！完全没有逻辑！这样！"

我开始翻阅那些文件。

我不知道我总共搜索了多少文件。我只知道，在某一刻，那种愤怒让步了，一种更加绝望的疲惫感笼罩着我，我发现自己坐在桌前的椅子上，桌上堆满了文件，腿上还堆着一摞，压得我喘不过气。我的头脑无法思考，我希望，我希望自己死掉，这种绝望的情绪一旦进入我的脑子，我就再也无法完成那闻所未闻的事业了。

我记得，在那里，我将头靠在文件上，闭着眼睛，也许是为了止住眼泪。我似乎听到，随着风，从无尽的远方传来的、母鸡下蛋后悲哀的咯咯声。咯咯声让我想起了我的村庄，自孩童时期我就再也没去过那里。只剩下身边时不时的、窗框被风拍打发出的咯吱声，这让我很是恼火。直到门口传来的两下意外的敲门声，把我吓得跳了起来。我愤怒地喊道：

"别烦我！"

于是又立即回去疯狂地寻找。

当我终于找到那所房子的文件时，我感到一身轻松，我高兴地跳了起来，这时我立即转身，看向门口。我的情绪突然从高兴变成了怀疑，我看到我自己，打了个寒战。小偷！我偷了东西。我真的偷了东西。我走过去，背靠着门。我解开衬衫胸前的口袋，把那份文件塞了进去，文件相当大。

一只蟑螂，脚还没站稳，就从书架下面的洞里钻了出来，径直朝窗子爬去。我马上把它踩到脚下，把它压扁。

我厌恶地皱起了脸，把其他文件都乱七八糟地放回架子，然后离开了房间。

幸运的是,宽托尔佐、菲尔博和其他银行职员已经离开了。只有一个年迈的看守,他也没什么可怀疑的。

尽管如此,我觉得应该跟他说点儿什么:

"把里面的地板擦一擦吧,我踩死了一只蟑螂。"

然后我沿着克罗切菲索大街,跑到了公证员办公室。

Ⅶ. 爆发

我耳边仍然响起水从屋檐倾泻而下的声音,那声音回荡在熄灭的灯周围,回荡在马尔科·迪·迪奥的小屋前。那条街道在日落前就已经一片漆黑。我看到他站在墙边避雨。一些人参与了驱赶行动;一些人打着伞,出于好奇,他们停下脚步,看着那些人和那一堆被强行清理出来的旧家具,家具就被扔在门口。天还在下雨,迪亚曼泰女士披头散发,她尖叫着,时不时地走到窗前,骂些奇怪的脏话,这咒骂声和光脚孩子们的口哨声及粗俗的声音混在一起。那些孩子丝毫不在乎下雨,在那些破家具周围又跑又跳,把水坑里的水溅到咒骂他们的围观者身上。还有人发出评论:

"比他父亲还讨厌!"

"还下着雨呢,我的先生们!他甚至等不到明天!"

"对一个可怜的疯子发火!"

"放贷人!放贷人!"

因为我在那里,专门带着一名代理人和两名保镖来驱赶他。

"放贷人！放贷人！"

我笑了，也许笑容有点儿苍白。但是这个笑让我很享受，它让我的内脏悬置起来，让我的小舌颤抖，让我咽了口口水。只是，我时不时感到，如果要从眼前的景象里抽身出来，我就得把目光投向什么东西，于是我几乎忘我地、慵懒地看向那间小屋的门楣。我很确定，在那种时候，没有人会完全不在意街上的嘈杂声，没有人会想要抬起眼睛，来确定那是不是一扇忧郁的门——灰色的石膏层已经开始剥落，这里那里都是洞，和我不同，它不会像我一样因为尊严受到侵犯而脸红，不会因为一个尿盆和其他物品一起从小屋中被清出，在众目睽睽之下被扔在街道中央的一个床头柜上而脸红。

但是很快，我差点为我的开小差的快乐付出沉重代价。将他们强行驱逐后，马尔科·迪·迪奥和他的妻子迪亚曼泰从小屋里出来，他们在小巷里看见了我，我站在代理人和两个保镖之间。他再也忍不住了，当我凝视着门楣的时候，他用旧槌子砸向我，如果不是代理人已经有所准备，把我拉开的话，我已经被他杀了。在尖叫声和混乱声中，两个保镖急忙冲向了那个被我的视线所激怒的倒霉蛋，想要抓住他。但是人越来越多，人们想要保护他，并转过来准备对付我。这时一个矮小丑陋的黑衣人，衣着破旧、面露凶光，他是公证员斯塔姆帕办公室的一个年轻人，爬上在巷子中被遗弃的那一堆家具中的一张桌子，他几乎是跳上去的，做着夸张的手势，开始叫道：

"停下来！停下来！你们听我说！我是以斯塔姆帕公证员

之名而来！你们听我说！马尔科·迪·迪奥！马尔科·迪·迪奥在哪里？我以斯塔姆帕公证员之名而来，通知他有一笔捐款给他！这个放贷人莫斯卡尔达……"

我在那里，不知道为什么，全身颤抖，等待着奇迹的发生：我期待着我形象的转变，从这一刻到下一刻，在所有人眼中的转变。但突然间，我颤抖着，好像被人撕成无数个碎片，我整个人就像被扔到四处，在尖锐的口哨声中四散开去，还夹杂着整个人群对我名字不恰当的、不公正的呼喊，他们无法理解，在强行驱逐的残忍行为之后，我还进行了捐赠。

"去死！打倒他！"人群中喊道，"放贷人！放贷人！"

我本能地举起双手，示意大家等一等；但是我发现这更像一个请求的动作，于是又立刻放下双臂。而那个站在桌子上的年轻工作人员，挥动胳膊让大家都安静下来，他继续吼道：

"不！不！你们听着！他做到了，他做到了，在斯塔姆帕公证员那里，捐款！他捐了一所房子给马尔科·迪·迪奥！"

随即，所有人都惊呆了。但我似乎已经身在远方，幻想破灭，心灰意冷。然而，人群中的寂静吸引了我，就像将火靠近一堆木材，有那么一瞬间，你什么也看不到，什么也听不到，然后这边一根玉米棒子，那边一捆柴火，火苗跳动，火星飞溅，最后整捆木头噼啪作响，在烟雾中火光闪烁。

"他？""一个房子？""怎么回事？""什么房子？""安静！""他说什么？"这样一些问题被人提起，人群窸窸窣窣的声音越来越密集，越来越混乱，与此同时，年轻的工作人员确认道：

"是的，是的，一栋房子！桑蒂路 15 号的房子。这还不够！他还捐赠了一万里拉，为实验室购买器材和器械。"

我无法预测接下来的情况，我已经失去了兴趣，因为在那一刻，我跑开了，但我知道，如果我再停留一会儿的话，我也许会感受到那种喜悦之情。

我藏在桑蒂路的那所房子的过道，等待马尔科·迪·迪奥来接管它。楼梯间的灯光，几乎无法照亮过道。他被一群人跟着，当他用公证员给他的钥匙打开临街的房门时，他发现了我，我像一个幽灵般靠在墙上，他突然间脸色大变，往后退了一步。他向我投来惊愕的目光，那种眼神我一辈子都忘不了。然后，他突然发出又哭又笑的、牲畜般的呜咽，像个疯子一样扑到我身上，并且开始对着我大喊大叫，不知道是想夸赞我还是谋杀我，他把我撞到了墙上：

"疯子！疯子！疯子！"

于是门前所有人同声喊道：

"疯子！疯子！疯子！"

因为我想要证明，我有可能不是他们眼中的我。

第五章

第五章

Ⅰ．夹着尾巴

很幸运的是，至少在那里，宽托尔佐的考虑对我是很有益处的。我父亲在他那个年代，也和我一样，送给自己一个"善意的奢侈品"，这混杂着某种愉快的疯狂之情。我的疯狂行径已经严重损害到银行的信用，如果想要拯救银行的信用，菲尔博坚决地对我采取了一系列彻底的措施。宽托尔佐从未想过将我父亲关进疯人院，或者禁止我父亲进入银行，就像他对我所做的那样。

哦，我的上帝，镇上的人难道不知道，我根本没有参与过银行的业务吗？那他们想怎么样，他们为什么把银行失信的账算到我头上？银行和我的行为有什么关系？

事已至此。宽托尔佐打算将我置于我父亲利剑的保护下，但这一想法落空了。虽然我父亲以前也时不时会有这种冲动，然而一旦涉及生意，他便能展现出自己清晰的头脑，所以自然没有人会想到，要把他关进疯人院或者不把他关进疯人院这一问题。然而我展露出来的无知和冷漠，只能让人联想到我是个疯子，对于父亲不动声色地、精明地构筑起来的东西，我只擅于摧毁它。

啊，毫无疑问，菲尔博在逻辑上是完全没有问题的。宽托尔佐同样也有道理，他应该当面提醒这些人（我对此毫无疑问），我是银行的所有者，我对银行业务漠不关心。我的愚昧无知不应该成为他人用来对付我的武器，因为多亏了我的冷漠无知，银行真正的主人才变成了他们二人。所以，算了吧，保持沉默，至少在我做出新的疯狂行径之前，大家最好不要碰这个按钮。

另外，我本可以私下询问一下菲尔博，当他和宽托尔佐争论不休的时候，或者更确切地说，对于我造成的损失，对于我在银行职员前对他的侮辱，宽托尔佐是报复我意愿更强烈，还是宽容我的意愿更占上风，还没有确定这一点的时候（那一刻已经开始尝试或者已经完成对我的碾压），我不应该将尾巴夹在两腿之间[1]。

II．迪达的笑声

我，沮丧地蜷缩在迪达的裙子中间，躲在她那充耳不闻的、安静的、愚蠢的真杰里面，不仅她，所有人都很清楚，如果我的行为被认为是疯狂的话，那么真杰的行为也会被认为是疯狂的，也就是说，这是一个无害之人的心血来潮。

在她责骂她的真杰的同时，我一会儿感到胃里翻江倒海，充斥着无以名状的耻辱，一会儿又感到它在身体里面被笑声炸裂。这一面我本该留给真杰的，不应该后悔，上帝保佑！作为

---

1 感到被侮辱，感到泄气、失望。——译者注

一个固执的人,他不愿意屈服,但是她的声音实在太大了。这时,我再也无法忍受内心的恐惧,我斜眼看着她,嘴里哭喊着,我那隐秘的、无以名状的痛苦绝望之情,从那双眼睛里,从口中,喷涌出来。

啊,无以名状,无以名状,因为那种痛苦,属于我的精神,它超越了我的伪装的或者已知的任何形式,例如,我妻子就把这种形式给了那个真实的、具体的真杰,给了那个站在她面前的、不属于我的真杰。虽然我无法说清楚我是谁,我属于谁,我在哪里,但在他之外,那种残忍的痛苦让我窒息。

现在,我困于这种折磨之中,我与我自己疏离了,我像一个瞎子一样,把身体交予他人,因为我身上带着无数个无法分离的**外人**,每个人都可以拿走属于他的那个我。如果他想,还可以打他;如果他想,还可以吻他;甚至把他关到精神病院。

"这里,真杰,坐这里。这里,像这样。看着我的眼睛。为什么不呢?你不想看着我?"

多么诱人,我用双手捧住她的脸,强迫她凝视着我眼中的深渊,这与她想要看到的是如此不同。

她就在我面前,她用一只手抓着我的头发,她坐在我的腿上,我可以感觉到她身体的重量。

她是谁?

毫无疑问,我知道她是谁。

与此同时,看到她带着笑意的、自信的眼神,我感到恐惧;面对她那抚摸着我的双手,我感到害怕,就好像她那双眼睛盯着我一样；她的身体重重地压在我膝盖上，我感到害怕，她自信地任由身体坐在我身上，她从来没有怀疑过，她是否将真正的自己交给了我。而我，把这身体抱在怀里，我虽然抱着那具身体，但我并未完全拥有她，我也并非在拥抱一个**外人**，因为我无法清楚地形容她，因为，她对我来说正是那个我看到和触摸到的人，她的头发、她的眼睛、她的嘴唇，在我的爱焰中，我吻了她。而我的妻子，她的爱焰与我的如此不同，它们之间有着无法估量的距离，所有一切——性别、本质、形象和对事物的感觉，构成她精神的思想和感情、记忆、品位，以及我粗糙的脸和她细腻柔嫩的脸接触时的感觉，所有一切，一切都不同。两个**外人**，如此紧密地拥抱在一起，多恐怖。我和她是**外人**，但是每个人对于自己来说都同样陌生，在那具身体里，一个人紧紧抱住另一个。

我知道，您从未有过那种恐惧之情。因为您只在您的世界中拥抱过您的女人，您从未想过，她在您的怀抱里拥抱着她的世界，这是另一个世界，您无法逾越。我知道，您只需一分钟，就能想到那种恐惧。对于任何一件琐事，对于您喜欢但她不喜欢的某个东西——颜色、味道、对某个东西的评价，这些东西的差别不仅仅在于表面上的品位、感觉和意见的不同。当您看着她眼睛的时候，它们和您的眼睛不一样，您从她身上看到的东西，（她的）世界、生活、事物的真实性仅仅是对于您自己而言，您接触到的真实和她的并不一样，在同样的事物中，在您身上，在她自己身上，她接触到的是另一种真实，您

第五章

很难说清楚那是一种什么样的真实,因为这种真实是针对她的,对您来说,那就变成另一种真实了。

我努力掩饰我积攒已久的恨意,我内心变得越来越坚硬、冷漠,我看到迪达,她努力保持面部表情的平静,但她在内心深处正嘲笑着真杰的那个残酷的玩笑。她从未想过,不是每个人都像她一样,认为他只想开个玩笑,没有别的目的。

"你看看这是不是你应该开的玩笑?在雨中被驱逐。你参与了这一切,引起了所有人的愤怒,你这个傻瓜!他们差点就杀了你!"

她对我说着说着,就转过脸以掩饰脸上的笑容,我的愤怒激起了她的笑意。这种愤怒藏在真杰的外表之下,但是她现在似乎能看到,能想象到这种愤怒,在所有人的愤怒中驱逐我的那一刻,在她看来这是一种愤怒,好笑的愤怒,源自她的"傻瓜"那失败的、被误解的玩笑。

"您这是哪儿的话?他们就应该嘲笑这个疯子的疯狂行为,而任由他把那些破烂玩意儿扔进雨里吗?然而他,您在那里看着他,他却把捐赠的惊喜之情藏在身体里!哦,菲尔博先生有道理,您知道的!这是疯人院的人才干得出来的事,一个糟糕的玩笑,要付出如此高的代价。

"来吧,来吧!带上比比[1],带它出去遛遛。"

我看到她把小狗的红绳放在手中,我看到她弯下身子,像其他女人对着它那样轻松地弯下腰,在不伤害它的情况下,调

---

[1] 比比,小狗的名字。——译者注

整了一下它的口罩,而我像个傻瓜一样站在那里。

"你干什么?你不去吗?"

"我去吧……"

我关上身后的门,靠在楼道的墙上,我想坐在第一级台阶上,然后就再也不起来了。

Ⅲ. 和比比说话

我看到自己,沿着墙壁,在路上走着。我也不知道牵着的那只小狗要看什么,去哪里看。它似乎知道我不想出去,所以故意让我看到它也不想跟着我,我一用绳子拉它,它便用小爪子扒着地,我因害怕绳子会被拉断,便生气地放开了绳子。

我躲在离家几步远的地方,在一块已出售的、被围起来的土地上,这里以后会用于盖房子,一个大房子,谁知道它将有多丑。为了打地基,土地的一部分已经被挖开了,挖出来的土堆还没被运走。茂密的草丛中散落着建筑用的石头,虽然是新的石料,但它们看起来像是坍塌的、陈旧的石料。

我坐在其中一块石头上,看着隔壁房间的墙壁。高大、纯白的墙壁在深蓝色的天空中现出轮廓。它没有遮挡,没有窗户,它浑身都那么白,那么光滑,阳光照在上面,让人睁不开眼。我低头看着阴影下虚幻的草地,它在昆虫微弱的嗡嗡声中,在寂静中,大口呼吸着温暖的空气。一只又大又黑的苍蝇向我袭来,嗡嗡作响,为我的存在感到恼火。我看到比比竖着耳朵蹲在我面前,它既失望又惊讶,好像在问我,为什么我们来这里，一个意想不到的地方，尤其是……是的，晚上，有人，经过……

"是的，比比，"我告诉它，"这种臭味……我能感觉到。但我觉得这不算臭，你知道吗？因为（如果我们没有来这里）这种臭味可能来自人类。比身体的臭味更糟糕的是从灵魂的需求中散发出来的臭味，比比。我羡慕你，你感受不到那种臭味。"

我抓着它的两只前爪，把它抓到我身边，继续说道：

"你知道为什么我躲到这里吗？哎，比比，因为人们在看我。人，有这种恶习，而且他们无法摆脱这种恶习。我们不得不摆脱那些人，他们所有人都带着一具客观的身体逛来逛去，受人注视。啊，比比，比比，我该怎么办？我受不了人们的注视，即使是你的注视我也不能忍受。没有人怀疑他们所看到的东西，他们在事物之间走来走去，他们认为自己看到的和别人看到的一模一样。更不用说，还有些人认为，你们这些动物以同样的眼睛在看待人类和事物，（然而实际上）谁知道你怎么看他们的，谁知道你怎么想他们的。我已经丢失了，永久性地丢失了我的真实，以及所有其他人眼中的我的真实，比比！我一触碰自己，我就开始想念自己。因为虽然我触摸着自己，但我却在猜测我在别人眼里的真实到底是什么。我无法认识到，也永远不会认识到这种真实。如此，你看到了？我，现在告诉你，这个正在把你的两条小腿从地上往上提的人，这个跟你说话的人，到底是谁，我不知道，我真的不知道，比比。"

这时，小动物突然一惊，两条小腿试图从我的手中挣脱出来。我立即想到，这突如其来的一惊，应该是由于我刚才跟他说的话。为了不伤害它，我放开了它的两条小腿，比比在围栏尽头的草丛中瞥见一只白猫，它立马对着猫开始狂吠，以宣泄刚才受到的惊吓。如果不是奔跑时突然被那根红绳子绊了脚，比比一定能从树丛里抓住那只猫，撕扯它，从后面把它扑倒，让它像个线团一样滚来滚去。比比气愤地站起来，四脚扒着地，它不知道去哪里宣泄它被打断的怒火，它看看这里，看看那里，那只猫已经不见了。

它打了个喷嚏。

我嘲笑它奔跑时的模样，也嘲笑它摔的那一跤，现在看到它这么待着，我摸摸它的头，让它回到我身边。它轻轻地走过来，用那瘦弱的小腿走过来，似乎在跳舞，它抬起两条前腿放在我的膝盖上，似乎想要继续之前的话题，它很喜欢这个话题。嗯，是的，因为我在讲这个话题的时候，会挠着它耳朵背后的部分。

"不，不，比比，"我跟它说，"让我们闭上双眼。"

我将它的小脑袋捧在手里。但这个小东西晃着身子想挣脱出来，我便放它走了。

不一会儿，它又回来躺在我的脚边，用小脸蹭着两只前腿，我听到它有力地呼吸着，似乎它再也忍受不了这种疲劳和无聊的生活了，作为一只可怜的、漂亮的、被宠爱的小狗，它的生活也满是沉重。

第五章

Ⅳ. 其他人的看法

"为什么当一个人想要自杀，想象自己死去的时候，他并不在意自己，而在意别人的看法？"

我的身体肿胀、发青，像溺水者的尸体。在那围墙附近，我沉思了一个多小时，如果那时我的沉思没有结束，那么我的痛苦将伴随着这个问题再次袭来。我这么做不是为了摆脱痛苦，而是为了给那些嫉妒我的人一个惊喜，或者说，这也是为了证明他们眼中的我的愚蠢。

因此，（我想象着自己）暴毙而亡时的不同形象，但我怎么也没有想到，这些形象突然间跳出来（在错愕和惊讶之中），跳到我妻子身上，跳到宽托尔佐、菲尔博和其他的朋友身上。我强迫自己回答这个问题，我比任何时候都感到迷茫，因为我必须承认，我眼睛里并未真正看到过自己，因此，没有他人的目光，我无法说我能看到自己。我无法看到自己的身体，无法看到我所想象到的并且其他人能看到的，我身上的任何其他东西。

一段久远记忆带来的寒意划过后背：当我还是个孩子时，我怀揣心事走在乡间路上，我看到了慌乱的自己，不留痕迹，在那遥远的、阳光暗淡的、令人惊讶的荒野之中。对此我感到惊恐，但也无法解释清楚其缘由。是这样的：我随时可能发现某些恐怖之事，而其他人看不到。

每当我们碰巧发现其他人从未见过的事，我们难道不会赶快去叫上别人，让他们一起来看吗？

"哦，上帝，什么事？"

当他人的眼光无法帮助我们构建能用眼睛看到的真实，我们的眼睛就无法知道他们所看到的是什么。我们的意识会消失，因为意识是我们内心最深处的东西。意识，意味着我们心中有他人，我们不会感到孤独。

我一跃而起，目瞪口呆。我知道，我知道我的孤独。但现在，在我自己面前，对于我看到的一切，我只有伸出一只手，看着它，我才能真正感受到、触摸到它带给人的恐惧。我不相信幻觉，但如果不是幻觉的话，别人看到的东西不会也不可能出现在我们的眼睛里。在迷幻的状态中，我似乎能看到小狗眼中也有那种恐惧，它也突然起身看着我。为了把它赶走，为了把这种恐惧赶走，我踢了它一脚。但在小家伙令人心碎的呜咽声中，我又用双手捧着它的小脑袋，大声叫着：

"我疯了！我疯了！"

只是，我不知道怎么了，在那绝望的姿态中，我又看到了自己，原本要从胸中奔涌而出的哭泣突然变成了大笑。我叫着可怜的比比，它一瘸一拐地走着，我开玩笑地学它一瘸一拐地走过去，一切都陷入一种疯癫而喜剧化的狂态。我告诉它我刚才在做游戏，做游戏，我还想继续做游戏。小东西打了个喷嚏，似乎在告诉我：

"我拒绝！我拒绝！"

"是吗？比比，你拒绝吗？"

然后我也开始模仿它打喷嚏，每打一个喷嚏，我都说：

"我拒绝！我拒绝！"

Ⅴ．一个好游戏

踢了一脚？我？给了那个小东西一脚？

它在乡下，被某个困惑的坏男孩踢了一脚，因为这个男孩被某种未知的恐惧侵袭了，这种恐惧来自一切事物，也来自虚无。这种虚无也可能会突然变成某种东西，并且碰巧被他看到，而且只有他一人能看到。

在城里，现在，在街上，没有这种危险。该死！每个人，都很漂亮，都处于别人的幻觉之中。他们很确定，如果别人说他们不漂亮，那一定是别人弄错了，因为每个人都不是他人所看到的那样。

我想对所有人大吼道：

"但是，是的！哎，哎！我们来做游戏吧，我们做来游戏吧！"

那些碰巧从街边窗户向外看的人，我想对他们做个手势，但是……是的！哎，哎！打开窗户，跳下来吧！

好游戏！谁知道之后会有什么样的惊喜？亲爱的先生，亲爱的女士，如果您扔掉对您自己的所有幻想，您就可以以死者的身份再回来一会儿，您就能从其他活着的人的幻想中，看到您幻想生活的那个世界。哎，哎！

痛苦的是，我还活着，但我已经看到了这个游戏，虽然我无法进入，但这是其他活人之间的游戏。虽然我知道，这个游戏在所有人的眼睛里，但我无法进入，这种不可能性激起了我疯狂的喜悦之情。

我刚才向可怜的小东西踢了一脚，因为它看着我。请上帝原谅我，我其实想把那一脚踢向所有人。

Ⅵ．乘法和减法

我回到家后，我发现宽托尔佐和妻子正在严肃地交谈着。

他们坐着，安稳地坐在明亮的小客厅，房间一半明一半暗。一个人很胖，穿着黑色衣服，陷在绿色的沙发之中；另一个身材苗条，穿着白色衣服，衣服上满是装饰，轻轻地，坐在旁边的沙发上四分之三的地方，阳光照射着她的颈部。他们自然是在谈论我，因为当他们看到我进来的时候，惊呼道：

"哦！他来了！"

他们二人看着我走进去，我当时很想转身再找个人陪我一起进去，尽管我知道，宽托尔佐眼中的"亲爱的维坦杰洛"和妻子迪达眼中的真杰不是同一个人，但对于宽托尔佐来说，我除了"亲爱的维坦杰洛"谁都不是，对于妻子迪达来说，我除了真杰谁都不是。在他们眼中，这是同一**个人**，只有在我眼中，我知道，我在他们眼中分别是一**个人**和（另）一**个人**。这对我来说，它不是加号，而是一个减号[1]，但在他们眼中，我就是我，我不是**谁也不是**。

---

[1] 作者的意思是，"我"在不同的人眼中具有不同的形象和不同的真实，但这对"我"来说，并不意味着"我"就具有了成千上万种真实，反而，这让"我"成为"无人"，"我"谁都不是。——译者注

第五章

仅仅在他们眼中？在那一刻，我自己，我孤独的精神，都不具有表面稳固的外形。我理解那种恐惧，在不同的、自然的真实中，从自己的角度看到自己的身体，就像是看到**谁也不是**的身体一样，这是他们二人赋予的。

我妻子看到我转过身来，问道：

"您在找谁？"

我赶紧微笑着回答她：

"啊，谁也没找，亲爱的，谁也没找。我们都在这儿了。"

自然，他们肯定不会理解，在我自己身旁寻找那个**谁也不是**的人是什么意思。他们以为我刚才说的那句"我们都在这儿了"是对着他们说的，他们很确定，在那个厅里，有三个人，而不是九个人，也不是八个人，因为我自己已经不算在里面了。我想说：

1. *迪达，对她自己来说她是一个人；*
2. *迪达，对我来说她是一个人；*
3. *迪达，对宽托尔佐来说是一个人；*
4. *宽托尔佐，对他自己来说是一个人；*
5. *宽托尔佐，对迪达来说是一个人；*
6. *宽托尔佐，对我来说是一个人；*
7. *对于迪达来说，亲爱的真杰是一个人；*
8. *对于宽托尔佐来说，亲爱的维坦杰洛是一个人。*

在那间客厅里，那八个人以为自己是三个人，一场愉快的谈话正在酝酿之中。

Ⅶ. 与此同时，我对自己说

哦，我的上帝，我那双不知所见的眼睛看着他们，我不会突然觉得自己最美好的自信心正在变得越来越缺乏吗？

停下来，看着一个人正在做他一生中最明显、最平常之事。就这么看着他，让他怀疑我们不清楚他正在做什么，甚至连他自己都不知道自己要做什么，这就够了，这足以动摇他的自信心。没有什么比一双虚幻的眼睛更让人不安和焦虑的了。一双眼，不知所见，或者看不到我们所看到的。

"为什么你用这种眼光看我？"

从没有人想过，我们就应该这么看每个人，用充满孤独恐惧的眼睛，使之无处可逃。

Ⅷ. 这个活着的点

事实上，只要宽托尔佐的目光与我相遇，他很快就会开始心烦意乱，说着说着话，自己都慌乱了。他抗拒这种眼神，时不时举手示意，似乎在说：

"不，等等。"

但我很快就发现这是个骗局。

他如此慌乱，并非因为我的目光使他失去了自信，而是因为，他以为我已经知道他来见我的原因，他以为他已经从我眼中读懂了这层意思：他与菲尔博达成一致，要限制我的行动，如果我打算僭越权力，突然做出任意的行为，他就会提出他无法再担任银行的经理，他和菲尔博都不会对此种任意的行为负责。

在我确认了这件事之后,我决定,让他内心不安,但我不会像上次一样,像个疯子一样,在他和菲尔博面前突然开始说话和行动。恰恰相反,在他如此坚定地达到这个目的后,我想看看他是如何离开的,我想从中找些乐趣。他在我面前表现出战士般的坚定,这再一次让我感到很有趣,虽然不再需要,但我想看看,一点小事是如何让他崩溃的:我说的某个词语,我使用的语调,就足以干扰他,改变他的心灵。他以这样的心灵,从内心感受,从外部观看和触碰,构筑了那坚实的真实。

当他告诉我,菲尔博不可能轻易放过我的时候,我就愚蠢地笑着问他,想激怒他:

"还有呢?"

事实上他真的生气了:

"还有?我亲爱的!我们发现文件架上所有的档案全都乱七八糟,我们至少需要两个月才能把它们恢复原状。"

我做了一个严肃的表情,转向迪达:

"你看,亲爱的,你以为这只是个玩笑?"

迪达立马不确定地看着我,然后看了看宽托尔佐,又看看我,最后忐忑不安地问道:

"总之,你到底干了什么?"

我用手示意她等一下。我更加严肃地转向宽托尔佐,然后说道:

"听说菲尔博先生发现文件架上一片混乱?你现在为什么

不问问我，我找到了什么？"

这时，宽托尔佐在沙发上坐立不安，眨了大概二十次眼睛，似乎想让自己从惊讶中回过神来，他并不是对我的问题感到惊讶，而是对我说话时挑衅的语气感到惊讶。

"什么……你找到了什么？"他结结巴巴地说。

我立即回答，边说边用手势表示：

"一手的土，像这样！"

他们看着对方的眼睛，目瞪口呆。我用那种语气说出那句傻话，就排除了我说这话的愚蠢性。在同样的震惊中，宽托尔佐重复道：

"一手的土？什么意思？"

"意思就是，这些文件都在沉睡。好多年了！一手，我说了一手的土。的确，一个空置的房屋，还有另外那个房子，谁知道多久都没有收租了！"

宽托尔佐，出乎我的意料，他装得比任何时候都吃惊。

"啊，"他说，"所以你就这样唤醒了这些房子，把它们都送人？"

"不，我亲爱的，"我立即对他喊道，假装很激动，还有点严肃，"不，我亲爱的。这是为了告诉你，你们不仅自欺欺人，还欺骗了我，你，菲尔博，你们所有人！"我心不在焉地说着蠢话。但这不是真的，你知道吗？然而我观察到了一切，我观察到了一切！这一次，正如我所料，宽托尔佐试图作出反应，惊呼道：

"你观察什么?让我省省吧!你看到了架子上的灰尘!"

"我的手。"我立即补充道,我不知道为什么,把手伸出来,这种语气让我打了一个寒战,我想象着父亲的双手,又白又胖,戴满了戒指,指背上长满了红毛。我脑海中重现出自己走进那个小房间,抬起双手从架子上偷走我自己的文件的场景。

"我来到银行。"我继续说,在妻子和宽托尔佐越来越惊讶的眼神中,我突然感到疲倦和恶心,"只有你叫我签字的时候,我才到银行来。但请你们注意,我,甚至不需要到这里来,不需要到这个银行来,我就能知道发生了什么。"

我侧眼看了看宽托尔佐,他的脸色似乎特别苍白。(但是,哦,请注意,我只是说我自己的看法。也许迪达眼中的宽托尔佐并非如此,即使迪达也认为他脸色特别苍白,那她可能认为那是一种不屑之情,而不是恐惧。对于我自己的观点,我本可以发誓。)无论是哪种情况,他将双手放在胸前以表真诚,眼睛瞪着问我:

"你暗中调查我们?啊,你不信任我们?"

"我没有不信任,没有不信任。我没有找人暗中调查,"我急忙向他保证道,"我观察,从外部,观察你们的工作效果,这就足够了。你回答我,你和菲尔博,真的遵循了我父亲制定的规章制度在处理生意吗?"

"每一点都遵循了!"

"对此我不怀疑。但你们是受保护的一方,你们受所在办公室的保护，一个是办公室主任，一个是法律顾问。我的父亲，很遗憾，已经不在了。我想知道，在国家面前，谁对银行的行为负责。"

"怎么，谁负责？"宽托尔佐说，"当然是我们，我们！正因为我们需要负责，所以我们希望你的某些行为不要再介入和干扰银行事务。听着，我只想说，你的行为很不谨慎，其他我也不想说什么了。"

我伸出手指否认，然后，平和地说道：

"这不对。如果你们按照我父亲的每一条规定来执行的话，（需要负责的人）不是你们。如果你们不遵守这些规定，如果我质疑账户和其中缘由的话，你们顶多能为自己负责。但现在我说的是：在国家面前，谁为它负责？我负责，因为我负责在文书上签字。是我！是我！我必须看到这一点，你们需要我的签名，在你们所有的文书下面。但你们却在否认，我就是签名的那个人。"

他一定很害怕，因为这时，我看到他从沙发上起了三次身，叫道：

"哦，漂亮！哦，漂亮！哦，漂亮！但为什么是我们，我们是银行里的正常人！而你，抱歉，这是你逼我说的，你做的那些事，你就是个疯子！疯子！"

我跳了起来，用食指顶在他的胸前，像一把武器。

"你觉得我疯了吗？"

"没有！"他说。在那根手指的威胁下，他脸色变得苍白。

第五章

"没有,嗯?"我紧紧盯着他,叫道,"这个问题我们已经确定了,你注意了!"

宽托尔佐,就像悬在半空一样,犹豫不前。这并不是因为他有可能再一次怀疑我疯了,不是。而是因为,他不理解我为什么要确认我没有疯这一问题,他不确定,担心我有什么阴谋,有些后悔自己当初说不,并试图用一个似笑非笑的表情来否认。

"不,等等……你必须同意……"

多好的事!啊,多好的事!现在迪达皱着眉头,看看我又看看宽托尔佐,显然,她不知道怎么看待他,也不知道怎么看待我。我突然间发怒,突然间发问,对她来说,(这就意味着)这怒火和提问来自她的真杰。眼前这一切以及真杰,都让人无法理解,一定是宽托尔佐和菲尔博犯了什么巨大的错误,才让真杰如此生气。我的上帝,她几乎认不出她的真杰了。宽托尔佐此时很慌乱。我的怒气,我的提问,让她开始怀疑她一向尊重的宽托尔佐的智慧。她用眼神明显地表达出这种疑虑,宽托尔佐转向她想寻求认同,并试图掩盖他似笑非笑的表情,但随着笑容的消失,他觉得自己越来越缺乏迪达的认同,在此之前,他一直以为迪达是值得信任的。

我突然开始大笑,但谁也猜不到原因。我很想摇晃他们,大声吼出我的理由:"你们看到了?你们看到了?如果一分钟后,一个小小的行为就足以让你怀疑自己和他人,那么你们是如何做到如此肯定的?"

"就这样吧！"我愤怒地中断了对话，这就意味着，他对我的评价，对我理智的评价，都不重要了，至少目前来说是这样的。"你回答我。我看了银行的收支情况，你们需要估算抵押物的价值，对吗？那么你，请告诉我：你，你，在你的意识中，你有没有估算过其他人的价值，你有没有衡量过所谓的银行的正常行为的价值？"

听到这个问题，宽托尔佐再次看向四周，似乎不是我，而是别人把他带入歧途。

"怎么？在我的意识中？"

"你以为与你无关？"我再次强调，"嗯，我知道！也许你认为（银行的事务）和我无关，因为我几年前，就把我的意识和其他的财产一起留在了银行，按照我父亲的规则进行管理。"

"但是银行……"宽托尔佐试图反对。

我再次生气：

"银行……银行……你只知道看着银行，你。但是在外面，轮到我了，别人都叫我放贷人！"

这出乎意料的回答，让宽托尔佐跳了起来，仿佛我说出了最可怕的谬论或最兽性的话语，他装作要逃跑的样子。"哦！上帝保佑！"然后他又跑回来，双手抱头，看着我的妻子，似乎在说："你听听，你听听这话多幼稚？我还以为他有什么严肃的事要告诉我呢！"他抓住我的胳膊，似乎想要把我晃醒，因为此时他疯狂的模仿行为让我震惊，他对我大喊道：

"你认真想过这个问题吗？哎，算了！哎，算了！"

第五章

　　为了报复我,他指着微笑的妻子让我看,她笑了,啊,她笑了,她开怀大笑,或许是因为我说的那些话,或许是因为我的话在宽托尔佐身上引起的效果,或许是因为我随之而来的惊讶之情,但是毫无疑问,这终于唤醒了她所熟悉的、心爱的、愚蠢的真杰那闪闪发光的形象。

　　好吧,我突然间被那笑声伤到了,我从未想到在那一刻我会被那笑声伤害到,我将这种伤害一部分留在了灵魂深处,一部分抛入讨论中。在我身体中,某个活着的点受到了伤害,但我并不知道这个点是什么,在哪里。但目前为止,我很清楚,在他们二人面前,我就是我,我不是,也不会是其中一个人的"真杰"或者另一个人的"亲爱的维坦杰洛",在这两个名字那里,我感觉不到自己还活着。

　　在每个对我来说我还活着的形象之外,他对我来说是某个人,在我想象的自己在别人眼中可能的形象之外。内心深处的一个"活着的点"就已经让我感到受伤了,它让我的眼睛失去了光泽。

　　"别笑了!"我喊道,用这种声音,对我妻子喊道。她看着我(谁知道她看到了我怎样的脸),突然间沉默了,卸下一切伪装。

　　"你要注意我现在对你说的话,"我看向宽托尔佐补充道,"我希望银行今晚上就关闭。"

　　"关闭?你说什么?"

　　"关闭!关闭!"我跳到他面前强调说,"我想要关闭银行。我是老板，对不对？"

"不，亲爱的。什么老板？"他反对说，"老板不止你一个人。"

"还有谁？你？菲尔博先生？"

"你岳父，还有其他好多人！"

"但是，银行只有我的名字。"

"不，是你父亲的名字，他创立了银行。"

"好的，我想把他的名字去掉。"

"怎么去掉？不可能！"

"哦，看看。老板不就是我吗？难道是我父亲？"

"不，你的名字只出现在注册银行的契约书中。银行的名字，银行由你父亲的创造，你也一样！银行和你具有同样的权力！"

"哦，这样啊。"

"就这样！"

"那钱呢？我父亲放进银行里的钱呢？我父亲把钱留给了银行还是留给了我？"

"留给你，但是这些钱用于投资银行的各项业务。"

"如果我不想将这些钱用于银行了呢？如果我想把它取出来，根据我的兴趣，用于其他投资呢？难道我就不是老板了？"

"你会毁了银行的！"

"你觉得我会在乎吗？我一点儿都不感兴趣，我告诉你！"

"但是别人在乎,如果你允许的话!你伤害了他人的利益、你自己的利益、你爱人的利益,以及你岳父的利益!"

"完全没有!其他人做他们想做的事,他们拿他们的钱,我拿走我的。"

"难道你想清算银行?"

"我对这些一无所知!但是我知道,我想要什么。你知道'我想要'的意思吗?我想要取回我的钱,仅此而已!"

我现在清楚地看到,这些激烈的争论,连珠炮式的问答,实际上就是两个不同意志之间的对抗,它们试图击倒对方,击打、防御、回击,双方都相信能够击倒对方。直到双方从对方给予的每一次回击中感到越来越困难,并且越来越相信坚持无用,因为对方不会屈服。伴随着口舌之争,他们本能地举起了拳头,或者说,他们叫喊着,把拳头举到对方脸的高度,却不敢去碰它,牙齿紧咬,鼻子上翻,眉毛皱起,整个人都在颤抖。随着连珠炮似的三个"我要",我击破了宽托尔佐的抵抗。我看到他双手合十,做出请求的动作:

"那你能告诉我这究竟是为什么?突然间就这样了?"

看到他这种行为,我有一种眩晕感。我突然发现,如果要在那里向他和妻子解释清楚我做那个顽固的决定的目的是不可能的,这一决定对所有人来说都是一种灾难。在那一刻,我感到心中仿佛有一团乱麻,我做的那个决定源自我长期以来痛苦的冥想,它们微妙、隐晦且复杂,甚至我自己都没弄清楚,此时愤怒撕扯着我,我对那些不变的、四射的光芒感到愤怒,因为我从中发现了，其他人正盲目且安全地生活在饱满的感觉之中，这光芒对他们来说无异于黑暗。我突然意识到，只要揭露其中的一个，他们就会认为我是个不可理喻的疯子。例如，直到不久之前，我从未像他们观察我那样观察过自己，他们认为我就是一个安静、悠闲的，靠收利息生活的人，虽然他们从未在公共场合揭穿过这件事。我最近才从他们身上看到自己的这一形象，对他和她来说，这种天真无知的形象如此真实，引起了他疯狂且滑稽的模仿，引起了她无休止的笑声。我要怎么告诉他们，正是基于这种"天真无知"所作的决定才有分量？这在他们眼里是无稽之谈。如果我一直以来都是一个放贷人，那么，我在出生之前就是吗？我从未见过自己走在疯狂的大道上，做一个在他人看来与我自己不相称的动作。将我的意志置于身外，就像是从口袋中拿出一块手帕那样简单吗？放贷人维坦杰洛·莫斯卡尔达先生会发疯，难道他不会被毁灭吗？

好吧，但是，这个，这个是我身上受伤的"活着的点"，它蒙蔽了我，它夺走了我对一切的理解。什么放贷人？不，那个放贷人不是我。从现在开始，我不想为了别人成为放贷人，也不会再主动做放贷人，甚至不惜为此毁掉我所有的生活。我有种感觉，但这种感觉被其他人一贯稳定的意志所凝固了，他们充耳不闻，像石头一样封闭自己（虽然我意识到我对此感到焦虑和不信任）。我的妻子，在我迷失的瞬间，突然跳起来，以她可笑的指挥方式强迫她的真杰彻底结束这件事，她朝我走来，双手几乎贴在了我的脸上。这就足够了，这足以让我

双眼失去光芒,我抓住她的双手,摇晃她,将她推开,扔到沙发上:

"指挥你的真杰去吧,他不是我,他不是我!我受够了这个傀儡!我要我想要的,以我的方式!"

我转向宽托尔佐:

"你听懂了吗?"

我从客厅走了出去,很是气愤。

第六章

Ⅰ. 面对面

过了一会儿,我被关在房子里,像笼中野兽,想起(之前)对妻子的行为,我叹了口气。我再也无法将她移出我的视线,她轻盈的身体在白色衣服中颤抖,我推开她,抓住她的双手,把她扔回沙发,似乎把她晃碎了。

啊,她那么轻盈,雪白的衣服上全是蕾丝花边,对她来说,我的暴行是多么残忍!

她破碎了,像一个易碎的玩偶,被我愤怒地扔回沙发,我永远都无法理解她。我所有的生活,和她一起的生活,和玩偶的游戏破碎了,结束了,也许会持续到永久。

我对暴力的恐惧还在,双手仍在颤抖。但我感觉到,与其说这是对暴力的恐惧,不如说是一种无以名状的感情和意志在我内心升起,最终被传递到我的身体:兽性的身体,让我恐惧,让双手变得暴力。我变成了**一个人**。

我。

我,希望我(能一直像)现在这样。

我,感觉我(就是)现在这样。

终于!

我不再是放贷人（受够了银行），也不再是真杰（受够了玩偶）。

但是我的心脏仍在胸中猛烈跳动，这让我无法呼吸。我张开又合上双手，指甲深深嵌进肉里。刚才，无意识中，我用一只手挠了另一只手，在房间里徘徊，像被咬了的马，使劲晃着头。我开始胡言乱语。

"但是，我，**一个人**，谁？谁？"

如果从此我再也看不到我自己是**一个人**怎么办？眼睛，我继续看着，所有其他人的目光落在我身上，我仍然不知道。如果连我都无法认识自己，那他们是如何看待我这个新生的意志的？

我不再是真杰。

而是另一个人。

这是我一直以来所期望的。

如果不是这次的痛苦经历让我发现我**谁也不是**，同时也是**十万人**，那我内心还有谁？

这个新的意志，这个新的感情，在我身上某个活着的点受到伤害之后，在我不知道的情况下，盲目地形成了，但是它很快就磨灭了，在我发现它们之时，在那四射的、没有变化的、可怕的光芒之中，磨灭了。

我想要知道，在伤口流血的地方，在那被撕碎的、被浸泡的感情之上，在那仅存的一点点摇摇欲坠的意志的骨架之上，我能盖上点儿什么。哦，可怜又瘦弱的人，总是被他人的目光吓坏。他手中攥着的袋子里，放着银行清算所得。我要怎么才能得到那些钱呢？

或许我可以通过我的劳动获得？为了不再产生新的高利贷，我现在就把它们从银行里取出来，也许这就足以将其从源头上清除掉？然后呢？把它们扔了？那我要如何生活？迪达呢？

她也是，（我现在能清楚感觉到，她已经不在我家了，）她也是我内心一个活着的点。我爱她，尽管我清楚地意识到，她爱的对象并不属于我身体的一部分，我为此感到痛苦；尽管她把爱都给了这个身体，我品味着她，在拥抱中盲目地沉醉；尽管有时候，我看着她，想把她掐死，因为她湿润而颤抖的双唇露出渴望的笑或呼吸，并颤抖地叫着一个愚蠢的名字——真杰。

II．空荡荡的

客厅里所有物体都静止不动，我回到客厅，那里的寂静似乎吸引着我：单人沙发是她坐过的，长沙发是宽托尔佐坐过的。那张镶着金边的浅漆小桌子、椅子和窗帘给我一种恐惧、空虚的印象，我转头看了看仆人，迪耶戈和尼娜，她们二人告诉我，女主人已经和宽托尔佐先生离开了，并且命令她们把所有的东西都收起来，锁到箱子里，送到她父亲家里去。现在她们张着嘴，目光呆滞，惊讶地看着我。

她们的注视惹恼了我。我喊道：

"很好，执行命令。"

在空荡荡的房间里，只剩下这个为了执行别人的命令而下的命令。对我来说，只要能让我暂时摆脱那两个人就好。

当我独处时，我突然感到愉悦，我想："我终于自由了！他们走了！"但我并不觉得这是真的。我觉得，他们的离开只是向我证明，我的发现是正确的，这对我来说有巨大的、绝对的重要性，相比之下，其他事都是微不足道的，即使失去妻子也无所谓，实际上，我指的就是失去妻子。

"如果这是真的。"我想。

没有什么是可怕的。其他的一切，（但是，是的，来吧，）也许看起来很荒谬——她就这么跟着宽托尔佐走了，作为对我胡言乱语（就是关于人们说我是放贷人的话）的反抗。

那又如何？我已经沦落到这个地步了？我不能再认真对待任何事了？还有，我刚才受伤了，我为什么会大发雷霆？

事已至此。但是伤口在哪里？在我身上吗？

我摸着自己，拧着双手，是的，我说的是"我"，但是我在对谁说话？为了谁？我独自一人。在这个世界上，我独自一人。对我自己来说也是，独自一人。在颤抖的那一瞬间，我的头发根部都在颤抖，在这无尽的孤独中，我感到了永恒和寒冷。

我对谁说"我"？对他人来说，"我"有独特的意义和价值，但这些意义和价值永远不可能属于我，那么在此谈"我"又有何意义？对我来说，在他人之外，成为一个人，就意味着要承受这空虚和孤独带来的恐惧。

Ⅲ．继续妥协

第二天早晨，我的岳父来找我。

我之前应该已经说过（但我不会再说了），在半夜的胡言乱语之后，我的想象已经到达何方，我多次将自己的状况置于他人之前，置于自己之前，得出结论。

我从短暂的沉睡中清醒过来，感觉万物都带着沉重的敌意，甚至是手心里用来洗脸的水，甚至是之后用来擦手的毛巾，都让我倍感沉重。当听到他要到访时，我突然感到快乐，我的灵感在苏醒，一切都变得轻松，我很幸运，这灵感就像一阵阵风，缓释着我的精神。

我扔下毛巾，对尼娜说：

"好的好的，带他去客厅坐下，我马上就来。"

带着坚定的自信，我看着穿衣镜中的自己，我眨了下眼，让镜中的莫斯卡尔达知道，我们之间能互相理解。实际上，他也立即对我眨眼，以确认我们之间能相互理解。

（我知道，您可能会告诉我，这没什么疑问，因为镜子中的人就是我自己。我想再一次向您证明，您什么都不懂。我向您保证，那不是我。真的，片刻之后，我离开前转头看了下镜子中的那个人，他已经是另外一个人了，甚至对我来说，我也已经是另外一个人了。他眼睛明亮，目光锐利，带着恶魔般的微笑，我向他招招手。实际上，他也向我招手了。）

所有这一切,只是开始。接下来,我和岳父的戏剧就在客厅上演了。

我们有四个人?

不。

您会看到,那天早上,我会快乐地生产出多少个莫斯卡尔达。

Ⅳ. 医生?律师?教授?议员?

毫无疑问,我的岳父让我的灵魂苏醒了(是的,我的上帝)。我之前一直认为他是个愚蠢又自满的男人,这是我给他定义的真实。

他非常考究,不仅仅在服饰方面,对头发和胡须的造型也极其讲究,不放过任何一根毛发。金发,虽然不丑,但也很普通。他完全不需要如此注重外表,因为他身上的衣服,那无可挑剔的做工,并非来自他的手,而是来自裁缝。甚至他那精心打理的头发、光滑匀称的双手,它们与其活生生地贴合在衣领和袖子上,还不如成为蜡像,毫无缺点地展示在理发店或者手套店的橱窗里。我听着他说话,看着他闭上天蓝色的眼睛,他从那珊瑚色的嘴唇间吐露了一切,这些都让他沉浸在幸福之中,嘴边挂着持久的微笑。然后,我看到他睁开了双眼,但右眼皮被粘住了,有点儿上翘,仿佛无法立刻从内心的满足感中脱离出来。人们永远不会知道这种满足感来自何处,他给我留下了一种奇怪的印象,看起来非常不真实。我再重复一遍:裁

第六章

缝的傀儡,理发店陈列窗上的头像。

现在,正当我期待他(以上述形象)到来时,我惊奇地发现他衣冠不整、情绪激动地站在我面前,这激起了我的欲望,以及想要体验冒险的快感,在敌人告知"不许动,再动就杀了你"之后,你手无寸铁、笑容可掬地走向敌人。

心中重新燃起的灵感让我的嘴角露出挑衅的笑容,脸上露出一丝忘乎所以的神情,我想继续这场危险的游戏,而这关系到那个人和其他人的诸多重大利益——银行的命运、家族的命运。这就更加证明了,我早就知道会发生这些可怕的事,也就是说,我无可避免地显得疯狂,我在发表完那些言论后,比之前更加疯狂,飞速地沿着宽托尔佐为我预设的斜坡(宽托尔佐认为我身上带有令人难以置信的、虚构的天真纯洁)滑落,在妻子的笑声中飞了出去。

事实上,认真深入地想想,即使对现在的我来说,我是想抓住意识,但这也并不能成为(我疯狂行径的)正当的借口。我从未想过从事借贷工作,我会为此感到后悔吗?是的,从形式上来说,我的确是签署了那家银行的一系列契约,一直靠那家银行的收入生活。之前我从未想到过这一点,但我现在意识到了。我会尽快从银行取走钱,安顿好一切,建立一个慈善机构或类似的机构,从借贷工作中摆脱出来。

"什么?这一切对你来说什么都不算吗?我的上帝,这是真的吗?"

"真的,怎么了?"

"你疯了吗?你想对我的女儿做什么?你想怎么生活?靠什么生活?!"

"是的,的确是,这对我来说很重要。这需要我好好研究。"

"永久性地毁掉你的位置?自世界形成以来,每个人都在做属于自己的事。"

"很好。所以从现在开始,我也要做属于自己的事。"

"但是,你把你父亲多年来赚的钱都扔了,你还怎么做事?"

"我上过六年大学。"

"啊?你想回到学校吗?"

"有可能。"

他开始起身,我拉住他,问道:

"抱歉,在银行清算之前,我还有时间,对吗?"

他怒气冲冲地站起来,双手摊开。

"什么清算?什么清算?什么清算?"

"如果您不让我说……"

他突然转身:

"你什么意思?你说什么胡话?"

"我现在很平静,"我对他说,"我有很多研究课题,它们进展得很好,就放在那里。"

他惊异地看着我:

"研究课题?什么意思?"

"例如，我可能很快就能拿到医学博士学位，或者文学和哲学博士学位。"

"你？"

"您不相信？我学过医，三年。我喜欢医学。您去问问，问问迪达，如果我变成医生或者教授，她还爱她的真杰吗。简单说来，如果我愿意，我还可以成为一名律师。"

他剧烈颤抖着。

"你从未想过要做什么！"

"是的，您看，我从不轻易决定要做什么。相反！我思考得太过深刻。相信我，一个人在任何事情上陷得太深都不会有结果，但会有所发现！不过我向您保证，医生、律师、教授，只要迪达喜欢，我就可以做得很好。只要把我放在那里。"

他站在那里听我说话，气得脸色发青，在这一刻，他逃了出去，否则他会突然发怒。我紧随其后，喊道：

"不，您听我说，我把父亲的钱送走了，但是您知道（我会因此）获得名誉！我也许会当选议员，您想想！如果迪达喜欢的话，您也会喜欢的，议员女婿……您看不到我吗？您看不到我吗？"

如果不是他已经跑开了，他一定会对我的每句话都大声回应道：

"傻瓜！傻瓜！傻瓜！"

Ⅴ. 我说：那，为什么呢？

我不否认，我刚才是在开玩笑，通过我那邪恶的灵感。也许他认为我说了些蠢话，我承认这一点。虽然真杰成为医生、律师或教授，甚至成为议员，让我觉得好笑，但是至少他能够好好考虑和尊重这件事，因为通常来说，这些神圣的职业经常是由一些蠢货来从事的，那么，和他们竞争并不难。

我清楚地知道，这另有原因。我的岳父，并不信任我。他的原因和我的截然不同。

他不允许我把他的女婿（谁知道他心中的真杰是什么样的），从一直以来的状态中解放出来，从他、他女儿以及银行所有合伙人的坚固的傀儡状态中解放出来。

我不得不让他保持原样，那个好女婿真杰，那个靠着不在他管理之下的银行的贷款生活，却不自知的真杰。

我向您发誓，我把他留在了那里，这样就不会让我那可怜的洋娃娃（指迪达）难受，她的爱对我来说如此珍贵，我不能给那些优秀的、爱我的人带来如此严重的干扰，我把他留在那里，然后带着另一个身体和名字走向他方。

Ⅵ. 笑容的胜利

我知道，即使我将自己置于新的生活状态中，明天以医生、律师或教授的身份重新出现在他们面前，我也会有相同的想法。对他人和对我自己来说，虽然我身着职业服装，阅读专业文书，但我仍然不是一**个人**。

第六章

　　我已经意识到，把自己封闭于任何形式的监狱之中的那种恐惧。

　　尽管提出这些建议是为了嘲笑我岳父，但是夜深人静之时，我认真地对自己也提出了这些建议，脑海中的我作为律师、医生和教授的形象，让我笑了起来。我曾想过，如果迪达如我所愿回到我身边，她迫使我尽我所能为她的新生活提供一个新的真杰，如果真的有那样的工作机会，我就必须接受它。

　　从我岳父逃跑时的愤怒来看，我可以说，即使对迪达来说，旧的真杰身上生不出新的真杰，这个旧真杰也已经向她表明，他只是想从一直以来幸福的生活状况中脱离出来。这没有任何的意义和结果，他已经疯了，无可救药。

　　如果我指望这个洋娃娃和我一起疯，那我才是真的疯了。这没有任何的意义和结果。

第七章

第七章

Ⅰ. 复杂化

第二天早上,我就收到一张小纸条——邀请我到安娜·萝莎的家里,她是我妻子的朋友,我之前曾提到过她一两次。

我想过,应该有人会来阻止我与迪达和解,据我推测,这个人应该是我的岳父或银行的其他合伙人,而不是我的妻子本人。因为他们只需要打消我清算银行这个想法就可以。我和我妻子之间,几乎没有发生任何事。我只需要告诉安娜·萝莎,对于我粗暴的行为——摇晃她并使劲把她扔到沙发上,我感到非常懊悔,这样一来,和解就会顺利进行。

安娜·萝莎的任务是让我放弃让我妻子回家的想法,这在我看来是无论如何也无法接受的。

我从迪达那里得知,她的闺蜜很鄙视金钱,所以拒绝了几桩所谓的利益婚姻,这引起了一些聪明人的反对,我妻子自然也是反对的,因为她嫁给了我(一个放贷人的儿子),她必须让她的朋友明白,她这么做是因为,这毕竟是一桩"利益"婚姻。

为了保住这个"优势",安娜·萝莎肯定不是最适合的律师。

我不得不承认，事实正好相反：迪达去她那里寻求帮助，让她告知我，如果我不放弃清算银行的想法，她父亲就把她留在家里，不让她回到我身边。但是我太了解我妻子了，这个提议我无法接受。

我怀着极大的好奇心来赴约。猜不出其中缘由。

Ⅱ．第一次警告

我对安娜·萝莎并不了解。我在家里见过她几次，（见面时）虽然不是有意为之，但是出于本能，我尽量远离她，远离妻子的女性朋友们，我几乎没怎么和她交谈过。她瞟见我时，唇边意外地露出浅浅的笑，在我看来，她是在嘲笑我那愚蠢的形象——我妻子迪达在她脑子里创造出的真杰的形象，因此，我从未有过和她交谈的欲望。

我从未去过她家。

她无父无母，是个孤儿，和年长的姑母住在一起，她们住的房子似乎被圣灵修道院的高墙压得快变形了：古城堡的墙，从带有跪式格栅的窗户望去，几个老修女抬头望向夕阳。这些修女中，有位年纪最小的，她也是安娜·萝莎的姑妈，也就是她父亲的妹妹。他们说，她有些疯癫。把一个女人关在修道院里，她当然会发疯。我妻子曾在圣·维琴佐修道院学习过三年，我从她那里得知，所有修女，老的、年轻的，都以这种或那种方式显得有些疯癫。

我没有在家中找到安娜·萝莎。之前给我送纸条的老仆人，透过门缝神秘地对我说,她的小主人在修道院,与她做修女的姑妈在一起,我应该去那里找她,让看门的修女把我带到切莱斯蒂纳的小客厅中。

神秘的气氛让我感到诧异。起初,它不仅没有增强我的好奇心,还阻止我向前走去。惊异之际,我觉得有必要好好想想,在圣灵修道院,在修女的小客厅中会面时的怪异气氛。

我感到,我徒劳而不幸的婚姻与那次会面之间的联系被打破了,我突然间忐忑不安起来,谁知道这一切会给我的生活带来什么后果。

在里基耶里大家都知道,我当时离死亡很近。但在此我想重复一下我在法官前说过的话,所有人都怀疑,我的陈述是为了拯救安娜·萝莎,并帮她脱罪,我想永久地将这种疑虑从所有人的脑海中抹去。安娜·萝莎没有任何过错。我心不甘情不愿地参加了这场突如其来的冒险,我孤注一掷,进行了最后一次实验,那么,我,或者说,那些承载着我痛苦的身体,将面临这样一个结局。

Ⅲ. 花丛中的左轮手枪

穿过里基耶里老城的一条坡巷,在日间腐烂垃圾的恶臭中,我来到了圣灵修道院。

当人们已经习惯了以某种特定方式生活,而此时你却去了一些不寻常的地方,那么在寂静中你就会怀疑,或许在我们身上会发生些神秘之事。尽管身在那里,但我们的精神注定要与之保持距离,这是一种无以名状的痛苦,因为我们知道,如果我们可以进入这个世界,那么也许我们的生活就会在全新的感官中打开,就像是在另一个世界中生活一样。

那个圣灵修道院曾经是基亚拉蒙泰封建领主的城堡,有低矮的、被虫蛀了的大门,中间有蓄水池的巨大庭院,有破旧、阴暗、吱吱作响的楼梯,有种地窖般的冰冷感,走廊长且宽,两边有很多出口,走廊尽头有扇打开的大窗子,朝向寂静的天空,光线从那里渗透进来,把下沉的红色大理石地板照得发亮。它的内心容纳了生活中如此多的事件和面貌,它看到那几位修女长期处于痛苦之中。在修道院里,它看到她们慢慢死去,而现在修女们对自己一无所知。那里的一切似乎都被遗忘了,最后的几位修女一个接一个地死去。人们早已遗忘,这里本是男爵的城堡,后来才成为修道院,已有几个世纪之久了。

门房的修女打开走廊上的某一间房,把我带到了小客厅。客厅的楼下响起了忧郁的铃声,或许是有人找切莱斯蒂纳修女。

小客厅中一片漆黑,起初除了格栅我什么都看不清,只有开门的时候,借着从门缝里透出的微光能稍微看清一点儿。我在那里站着,谁知道我会等多久,幸好这时格栅后面传来一个微弱的声音,说让我坐下,安娜·萝莎很快就会来。

我也不知道,格栅外那个微弱的声音给我留下了什么印象。在那片黑暗中,阳光突然刺向了我的眼,这阳光应该是来自修道院的菜园。我不知道这菜园到底在哪里,但是它绿得耀

第七章

眼。突然间,安娜·萝莎的身影在那片绿色中闪闪发光,我从未见过她这副模样,集优雅与恶毒于一身,让我颤抖。一阵闪光后,黑暗归来。但这不算是完全黑暗,现在我能看到格栅,以及格栅前面的一张小桌和两把椅子。那个格栅里,一片寂静。我寻找着刚才对我说话的声音,微弱但甜美的声音,那声音的主人似乎很年轻。但那里已经没有人了。或许,那声音来自某个老妇人。

安娜·萝莎,那个声音的主人,那个轻声说话的人,黑暗中的光芒——菜园中那片绿让我眩晕。

不久之后,安娜·萝莎愤怒地打开门,把我从小客厅叫到走廊上。她脸泛红光,头发凌乱,眼睛闪闪发亮,胸前白色羊毛衫的扣子被解开了,似乎是太热了,她手中捧着花,还有一枝常春藤,搭在肩上,长长地拖在身后,摇曳着。她在奔跑,让我也跟她一起,跑到走廊的尽头,她走上了窗子下面的楼梯,也许是为了用手揽回即将散落的花,另一只手上的包便掉了下去,紧接着,一声尖叫之后,巨大的爆炸声,充斥着整个走廊。

安娜·萝莎突然向我扑来,我差点儿没接住她。在我意识到发生了什么事情之前,我惊讶地看到周围几位年老的修女,她们惊慌失措,嘴里碎碎念着什么,听到枪声后冲进走廊,但当她们看到受伤的安娜·萝莎躺在我怀中时,她们陷入了另一种震惊之中,我无法理解这种震惊,她们不应该有这种惊讶之色,我大声向她们要一张床,以便安置伤者。她们回答我,主教，主教就要来了。安娜·萝莎则在我怀中大叫道："手枪！手枪！"她想要我取出她此前放在自己包里的手枪，因为那是她父亲给她的留念。

我突然明白了，那个手提包里有一把手枪，它掉落时走火了，从而伤到了她的脚。但我并不能解释她为什么随身带着枪，尤其是那天早上，她还约我在圣灵修道院见面。这让我很费解，但我并未想过，她是因为我才带着枪。

让我更加惊讶的是，没有人帮我处理伤者，我抱着她，走出了圣灵修道院，沿着小路，去了她家。

不久之后，我又不得不回到修道院，从走廊的大窗子底下拿走了那把左轮手枪，而这把枪本是用于对付我的。

Ⅳ．解释

在圣灵修道院发生的奇怪事件，以及我抱着受伤的安娜·萝莎急匆匆跑出来的消息，瞬间传遍了里基耶里，招致了各种闲言碎语。刚开始，这些荒谬的言论极其可笑，但我与这些流言蜚语保持了距离。不仅仅是那些传播这些流言蜚语的人，甚至是我怀里抱着的那个受伤的人，都认为这些流言不仅可信，而且就是实际发生过的事。

真的是这样。

因为真杰，我的先生们，那个我妻子迪达眼中的愚蠢的真杰，在我不知情的情况下，对安娜·萝莎产生了好感。迪达心里是这么认为的，迪达意识到了这一点。她从来没跟真杰说过

第七章

这件事,但是她笑着把这件事告诉了她的朋友,也许是为了取悦她,也许是为了向她解释当她来访时真杰避开她的原因——害怕爱上她。

我没有任何权力去否认真杰对安娜·萝莎的好感。我最多能说,我认为这不是真的。也许我的想法不对,因为事实上,我从未在意过,对妻子的朋友,我到底是厌恶还是喜爱。

我想我已经充分证明,真杰的真实性不属于我,而是属于我的妻子迪达,因为是她给予了真杰真实性。

如果迪达把自己隐秘的好感归于真杰,那么这种情感是否真实,对我来说已经不重要了。这种好感对于迪达来说是真实的,因为这就是她不让我接近安娜·萝莎的原因。对于安娜·萝莎来说,这份好感同样真实,我有时顺便看了她一眼,这一眼却被她理解为更多的东西,所以我不是妻子所描述的那个可爱的小傻瓜真杰,而是一个不幸的真杰先生,谁知道他身体承受了怎样的折磨,竟被自己的妻子如此重视,如此深爱。

因为,如果你仔细思考,这些最基本的东西,是我们始料未及的,但这就是其他人赋予我们的真实。表面上,我们称之为错误假设、错误判断、无端归因。但是,我们能够想象,这些都有可能实现,即使它对我们来说不是真的。虽然对我们来说不是真的,其他人却嘲笑它。因为这对他们来说是真实的。事实上,这如此真实,甚至可能发生的是,如果你不坚持你给自己的真实,那么别人可能会误导你,他们给你的真实比你自己的真实更加真实。没有人能比我更深刻地体会到这一点。

所以我发现,在我毫不知情的情况下,我就深深地爱上了安娜·萝莎,并因此卷入了修道院的那场枪击事件中,这是我始料未及的。

我帮助安娜·萝莎,把她抱回家,让她躺下,然后去找了医生和护士。在医生和护士给她做了几次治疗后,我立刻感到,比起可能的或真实的情况,她对我的想象符合迪达所言——我对她有好感。我坐在床尾,在她的小房间里。玫瑰色的私密空间中,弥漫着药品的恶臭,或许我可以从她口中得到所有的解释。首先就是她手提包里的手枪,事故的原因。

她开心地笑着,想象着居然有人认为,这把枪是在修道院与我见面时,为我带的!

她一直把枪放在手提包里,六年前她父亲突然去世了,她从父亲的马甲口袋中发现了它。这把枪很小,珍珠母装饰的手柄,闪闪发光,充满活力,对她来说这就是一个小玩意儿,它小巧可爱,优雅的装置中包含着死亡的力量。她不止一次和我说过,很多时候,周围的世界,因为慌乱的心灵,让她感到惊讶,感到虚无,她曾想试一试,玩一玩这把枪,用指尖感受着钢铁和珍珠母光滑的手感,那是一种触摸的快乐。然而,它不仅没有按照她的意愿,进入太阳穴或者心脏,反而偶然地伤到了她自己的脚,甚至有可能(如她所担心的那样)让她跛脚,这让她大为不快。她认为自己已经将这把枪据为己有,它不应该再有这种权力。现在,她认为这把枪是邪恶的。她把枪从床头柜的抽屉里拿出来,看着它说:

第七章

"邪恶之物！"

修道院的那次会面，为什么要在修女姑妈的客厅里？那七位修女，没有考虑她的伤势，她们压抑地对我说，不知道哪个主教要来。

对于这个谜团，我也得到了解释。

她知道，那天早上帕尔塔纳大人，里基耶里的主教，会去探访圣灵修道院的年老的修女们，每个月都会去。对于那些年老的修女来说，期待这次探访就像期待天堂的幸福一样：那场事故有可能会破坏这次探访，这对她们来说是最为震惊之事。安娜·萝莎那天早上把我叫到修道院，因为她想让我立刻跟主教谈一谈。

"我，和主教，为什么？"

为了避免其他人针对我的密谋。

他们想要剥夺我的权力，指责我精神有问题。迪达跟她说，所有的证据都已经收集和整理好了，这些证据来自菲尔博、宽托尔佐、她父亲和她自己，证明我有明显的精神变化。许多人都准备作证：甚至那个图罗拉，我曾经在菲尔博和所有银行职员前为他辩护；甚至马尔科·迪·迪奥，我曾经捐给他一所房子。

"但他会失去那所房子，"我无法阻止安娜·萝莎看向我的目光，"如果我被宣布为精神失常的话，赠予契约就会失效。"

安娜·萝莎在我面前大笑起来，她笑我的单纯。他们一定给了马尔科·迪·迪奥以承诺，如果他按照他们的意愿作证，他就不会失去这所房子。而毕竟，他甚至可以凭着自己的良心作证。

我不安地看着安娜·萝莎，她在笑。她注意到了我的目光，并开始大叫：

"是的，疯了！所有的疯狂！所有的疯狂！"

然而，她享受这种疯狂，赞同它们，更重要的是，带着这种疯狂，我可以实现最伟大的目标：毁掉银行，离开那个女人，她一直是我的敌人。

"迪达？"我问。

"您不觉得吗？"

"敌人，是的，现在是。"

"不，一直都是！一直都是！"

她告诉我，一直以来她都试图让迪达明白，我并不是迪达想象中的那个小傻瓜，在长时间的谈论中，她一直试图平息迪达的怒火，迪达一直固执地将我的话语当作无聊的傻话，或者把我看作一个看到生活之恶的邪恶灵魂。

我很惊讶。突然间，在听到安娜·萝莎的倾诉之后，我看到了另一个"迪达"。她与我妻子迪达如此不同，但同样真实，对于我这一发现，我在那一刻感到了一种比以往任何时候都强烈的恐惧。

另一个"迪达"正在谈论我，我完全没想到她会谈论我，她也是我肉体的敌人。我们隐秘的共同回忆，被如此可耻地分离了，背叛了。为了重新认识这些回忆，我感到很可笑，这是我之前从未感受过的，我很生气，但我必须克服这种可笑的情绪。我感到羞耻，但之前我从未感受过，我需要从这种羞耻中恢复。这像是一种背叛，她自信地引诱我脱光了衣服，然后打开那扇门，将我暴露于他人的嘲笑之中，那些人想进来看那个裸露和失去保护的我。我无法从她那里获得她对我家庭的赞誉和对我日常习惯的评判。总而言之，这是另一个迪达，一个真正的敌人迪达。

然而，我可以确定，她和她的真杰在一起的时候，并不是假装的：她和她的真杰在一起时，她完完全全为他而存在，完整又真诚。在他的生活之外，她变成另一个人：安娜·萝莎自己觉得舒适的、喜欢的和真正能感受到的那个人。

那我有什么好奇怪的？我难道就不能给她一个完整的真杰，她塑造的真杰，然后（在这之外）为了我自己成为另一个人吗？

我对我自己感到奇怪，也对其他人感到奇怪。

我不能向安娜·萝莎透露我发现的秘密。我被她引诱过，因此，突然间，她让我知道了我妻子的事。但我从未想过，这个发现会对她的精神产生干扰，以至于让她做出如此疯狂之事。

但是我准备先说说我访问主教的事，她非常积极地催促我去，似乎不能有片刻耽搁。

V．内在的上帝和外在的上帝

曾经有一段时间我经常出去遛比比，我妻子的小狗。里基耶里的教堂让我失望。

比比不惜一切代价想要进去。

对于我的训斥,它向后退,抬起一条腿摇晃着,打了个喷嚏,然后一只耳朵竖起,一只耳朵放下,看着我,它似乎在说,这不可能,像它这样漂亮的小狗居然被禁止进入教堂,尤其是那里面没人的时候!

"没人?比比,怎么可能没人?"我说道,"那里有人类最神圣的感情。你不能理解这些东西,因为你很幸运,你是一条狗,而不是一个人。人,你看到了,人们需要为他们的感情建造一个家。对他们来说,把这些情感放在内心深处是不够的,他们还想从外面看到它们,触碰它们,为它们建造一个家。"

对我来说,以我自己的方式,把对上帝的情感放在心里就够了。我尊重他人所拥有的东西,所以我总是阻止比比进入教堂。我自己也从来不进去。我坚持自己的感情,我站立着,来追随这种情感;而不是跪着,在别人为它建造的房子里。

当我妻子听到我说,我不想在里基耶里做一个放贷人的时候,她笑了。那时我感到,身体中那个活着的点受伤了,毫无疑问,那个点就是上帝:我身体内的上帝受伤了,我身体里的上帝不允许里基耶里的其他人把我当作一个放贷人。

但是,如果我和宽托尔佐、菲尔博以及其他合伙人说这些话,我一定会给他们提供另一个证据,我疯狂的证据。

然而,有必要让我内心的上帝(对所有人来说这个上帝已经疯了),尽最大努力去忏悔,去拜访外面的那个最明智的上帝,寻求他的帮助和保护。外面的上帝拥有房子,拥有他最忠诚、最热心的仆人，他在世界范围内明智又伟岸地构筑着自己的权力，使得自己被敬爱，被敬畏。

对于这位神来说，即使菲尔博和宽托尔佐称他为疯子，他也没有什么危险。

Ⅵ．一个（令人感到）不舒服的主教

于是我去找了主教帕尔塔纳阁下。

在里基耶里，人们都说，他是在罗马的某些有权势的坏教士们的要求下被选为主教的。事实上，他已经担任主教管区负责人很多年了，还没有办法赢得人们的喜爱，没有获得过任何人的信任。

在里基耶里，人们已经习惯了他的前任，已故的尊敬的维瓦尔迪主教，习惯了他俏皮和亲切的举止，习惯了他慷慨的施舍。因此，当第一次看到，在两位秘书的陪同下，新主教穿着长袍从主教府走下来时，人们都感到心头一紧。

主教走着下来？

主教府坐落在城市的最高处，犹如一个阴暗的堡垒。自那以来，所有主教都是坐着一架漂亮的马车下来的，它是两座马车，装饰着红旗和羽毛。

但是从帕尔塔纳主教就任的那一刻起，他就说，主教是一项事业的名称，而不是荣誉的名称。他解雇了仆人和厨师、马车夫和男仆，不再乘坐马车，开始实行最严苛的节约制度，通过以上种种，里基耶里或许能成为意大利最富有的教区之一。

他的前任忽略了对教区内牧民的访问，他却谨慎地遵守规章制度中所规定的时长，如果路途艰难，交通不便，他就会使用租来的马车、驴子以及骡子。

我后来从安娜·萝莎口中得知，不仅仅是圣灵修道院地区破败的修道院，城里的五个修道院中的修女也很恨他，因为主教一上任，就针对她们下达了严苛的指令，不许她们制作、售卖甜点或茴香和肉桂口味的露酒，也不许她们制作用银线包装并系上蝴蝶结的蜂蜜蛋糕或皇家点心。她们还不能刺绣，连绣祭礼用品和祭服也不行，只能制作长袜。最后，她们不再有特定的忏悔者，所有人都必须无差别地服务社区的神甫。另外，他对所有教堂的牧师和受祝福者都作出了更加严肃的规定。总之，所有教会人士都要极其严格地履行每一项义务。

那些把对上帝的感觉置于外部的人，那些在外面给上帝盖房子，盖得越漂亮越能赎罪的人，对于他们来说，这样一位主教让人感到极度不舒适。但是对我来说，这是我能期待的最好结果。他的前任，尊敬的维瓦尔迪主教，深受大家喜爱，平易近人，毫无疑问，他找到了与一切人事打交道的方法，拯救了银行，也拯救了人的意识，取悦我的同时，也取悦菲尔博、宽托尔佐，以及其他所有人。

现在我感到，我既不能与我自己，也无法与他人和平相处了。

Ⅶ. 与主教的一次谈话

在主教府古老的办公厅中，帕尔塔纳主教在宽广的大厅里接待了我。

我似乎至今仍能闻到那个大厅的气味，房间十分阴暗，天花板上虽然装饰着壁画，但布满了灰尘，几乎什么也看不到。泛黄的石灰高墙上，挂满了高级教士的画像，这些画像同样布满了灰尘，有些还发了霉，杂乱地挂在各处，在破旧的、被虫蛀了的衣柜或书架上方。

大厅尽头有两扇大窗户，布满阴霾的天空给窗户蒙上了无尽的忧伤。突然间起风了，风很大，不停地摇晃着窗户——里基耶里可怕的大风给所有家庭都带来了痛苦。

有时，那些窗户似乎就要败给怒吼着的西南风。我和主教的整个谈话过程，都伴随着呼啸、激烈的嘶吼声和黑暗、悠长的呜咽声，这些声音时常让我分心，让我产生一种难以言表的惊讶之情，我从未有过这种感受——对虚无的时间和生命感到遗憾。

我记得，对面的老房子有很多窗户，其中一扇窗前有一个小露台。那个露台上突然出现了一个人，他应该是从床上逃出来的，疯狂地想要尝试飞行的快感。

他暴露在狂风之中，瘦得令人厌恶，毛毯裹着他瘦弱的身体，随风飘动：红色的毛毯，披在肩上，挂在手臂上，手臂和身体呈十字形。他在笑，他在笑，惊恐的眼睛里泛着泪光，红色的长发一缕一缕地在空中飘来飘去，如火焰般闪烁着。

这一幕让我十分惊讶，在某一时刻，我再也忍不住了，向主教提及此事，打断了他关于意识的严肃讨论，他已经说了有一段时间了，显然他对自己的口才甚是满意。

主教刚刚转过头。用微笑代替叹气，说道：

"啊，是的。那里站着个可怜的傻子。"

他用淡漠的语气说着，就好像已经习以为常一样。就在那里，我突然想要吓吓他，我想对他说：

"不，您知道吗？他不在那里，在这里，主教。那个想要飞翔的疯子是我。"

但我克制住了，没对他说。相反，我用同样淡漠的语气问道：

"从露台上跳下去不危险吗？"

"不，这样不会，已经很多年了，"主教回答我，"不危险，不危险。"

我不由自主地、无心地脱口而出：

"就像我一样。"

主教十分震惊。我立刻展现出一张平和的笑脸，让他突然间恢复了平静。我急忙解释道，我的意思是，对于菲尔博先生和宽托尔佐先生，对于我的岳父和妻子，对于所有想要阻止我的人，我是无害的。

主教这才平静下来，重新展开关于意识的话题，在他看来这是最适合我的话题，也是能在任何情况下，他能以精神力量的权威和威望战胜敌人的意图和阴谋的唯一方法。

我能否让他明白，我的情况并非他想象的那样，并不是一个关于意识的问题?

如果我对他说出这件事,那么我会突然间在他眼里变成一个疯子。

我心中的上帝想要重新拿回银行的钱,这样他们就不再称我为放贷人了,我心中的上帝,是所有建筑物的敌人。

我寻求帮助和保护的上帝,是一个能够自我建构的上帝。他也许能帮助我拿回那些钱,只需要为另一种最值得尊重的人类情感建造一座房子即可:我指的是,一颗仁爱之心。

主教在我们谈话快结束时愉快地问我,是否愿意这样。

我应该回答说,我愿意。

于是,他敲响了一个颜色暗沉的、发哑的银铃,它怯生生地立在桌子上。一位年轻的金发教士出现了,他脸色苍白。主教命令他去找东·安东尼奥·斯克莱皮斯,他是大教堂的牧师,也是圣教团的院长,他现在在前厅。他是我需要的人。

我并不认识他本人,只在别人的评价中听到过他。我曾经代表父亲,去圣教团送过一封信。圣教团耸立于主教府附近,位于城市的最高点,是一座巨大的、古老的方形建筑,建筑的外部十分阴暗,被时间和气候折磨得面目全非,但内部却很明亮通透。它收容了来自全省的贫困孤儿和私生子,年龄从6岁到19岁不等,他们学习各种技艺和手艺。那里纪律严明,那些可怜的献身修会的人,从早到晚都在学院教堂的风琴声中祷告,从楼下听来,这些祷告声就像囚犯的哀嚎。

从外表来看,斯克莱皮斯修士身上并没有那么多的主宰权力和强大的能量。他又瘦又高,有些苍白虚弱,似乎是山上的空气和光线让他变得苍白瘦弱，让他颤抖又瘦弱的双手变得几乎透明。椭圆的眼睛上，眼皮比洋葱皮还薄。苍白的长嘴唇上挂着虚弱的笑容，声音也在颤抖，唇间还挂着些白色的唾沫。

他刚进来，就被主教告知，关于我意识的问题和我的打算，然后他便急匆匆地开始跟我说话。他非常自信，用手拍着我的肩膀，用"你"称呼我：

"好的，好的，孩子！巨大的痛苦，我喜欢。感谢上帝。痛苦拯救了你，孩子。应该坚决抵制那些不愿意受苦的傻子。你很幸运你有很多，有很多磨砺，想想你父亲，可怜的人，嗯……伤害了很多人。你父亲的思想对你的折磨！你的折磨！让我和菲尔博先生以及宽托尔佐先生去斗争吧！他们想阻止你？交给我吧，不要怀疑！"

我从主教府出来，我确信能战胜那些想要阻止我的人。但这种信心和随之而来的事，与主教和斯克莱皮斯联系在了一起，把我扔进了不确定的、无尽的海洋之中，我在其中被剥夺了一切，没有身份，没有家庭。

Ⅷ．等待

此时，我身边只有安娜·萝莎，在她生病期间，她想让我多陪陪她。

她躺在床上，腿还打着绷带。医生担心她以后可能会留下残疾，如果真是那样，她宁愿永远不起床。

长期住院后，苍白和忧郁赋予她一种新的优雅，与之前形成鲜明对比。她的眼中散发出更加浓烈，甚至是有些阴沉的光。她说她失眠了。她浓密、黑色、略微卷曲的、干枯的长发，在早晨醒来后都散落在枕头上，那味道让她窒息。如果不是厌恶理发师把手放在她头上，她一定会把头发剪了。一天早晨，她问我，会不会帮她剪头发。我尴尬地不知如何作答，她便笑了起来，拿起被单的卷边，掩住了脸，沉默着。

在被单下面，能让人联想到她成熟又丰腴的处子之身。我从迪达处听说，她25岁了。当然，她这样掩着脸躲起来，让我不得不将目光集中于蜷缩在毯子里的身体。她在诱惑我。

她粉红色的房间里灯光昏暗，很是凌乱，沉默似乎让人意识到那徒劳等待的生命，那个怪异创造物的一时的欲望永远无法以某种方式获得生命或存在。

我猜，她完全无法忍受持久或定居之物。她所做的一切，每一个欲望或想法，在一瞬间产生，但片刻之后，似乎就远离她了。如果她仍然感到被欲望所羁绊，她就会愤怒、焦虑，发脾气，甚至勃然大怒。

她似乎总是对自己的身体感到满意，尽管有时候她看起来一点也不高兴，甚至厌恶它。但她不停地在镜子中看她的每一个部分或曲线，试着用她那目光如炬、明亮活泼的眼睛，随着呼吸而轻微抖动的鼻翼，高傲的红唇，灵活的下巴，做出各种动作和表情，并且她都能做到。这似乎是女演员的口味。但她并不认为这对她的生活有用，这只是一个游戏：这是一时兴起的卖弄风情和挑逗的游戏。

一天早晨，我看到她手持一面小镜子，做出了一个可怜又温婉的微笑，尽管她眼里闪烁着孩子般的狡黠。我看到她再次做了一个同样的微笑，如此有活力，就好像她此时此刻是因为见到了我才自发地笑起来，这激起了我的反叛。

我告诉她，我不是她的镜子。

但她并不生气。她问我，我现在看到的那个笑容，是否与她在镜前看到并研究过的那个一样。

我对她的执着很是反感，回答道：

"您想让我知道什么？我甚至无法知道，您自己是怎么看到的。让我给您的那个笑容拍张照片好了。"

"我有照片，"她对我说，"有一张，很大的。在那里，衣柜下面的抽屉里。请您帮我拿过来吧。"

那个抽屉里装满了照片。她给我看了很多，有以前的，也有最近的。

"所有都死了。"我对她说。

她突然转身看着我：

"死了？"

"只要它们还想要显示自己活着。"

"这张带着笑容的也是吗？"

"这张，忧心忡忡；这张，眉眼低垂。"

"如果我还活着，它们为什么会死去？"

"啊，是的。因为现在您看不到它们了。但当您站在镜前，欣赏自己的那一刻，您就不再活着了。"

"为什么?"

"因为您为了观看自己,需要暂停自己的生活。就像在一部相机前那样。摆姿势,这意味着要在某一时刻变成一座雕像。生活在继续,而它永远无法真正看到自己。"

"那么我,活着,但我从未看到过自己?"

"从来没有,像我看您那样看自己。但是我看到的形象是我看到的,确切来说不是您的。您自己的形象,活着的,或许只能在人们不经意间拍下的照片中看到。但您一定感到不快和惊讶。您一定很难认出自己,在运动中,凌乱不堪的自己。"

"的确。"

"您只能认识到摆好姿势的自己——一座雕像,而不是活着的自己。当一个人活着的时候是不会被看到的。认识自己的过程就是死亡的过程。您站在镜子里观察自己,是因为您没有活着。您不知道,您不能够,您不想要活着。您太想了解自己了,没有活着的自己。"

"但根本不是这样的!我一刻都无法停下来。"

"但是您总想看到自己,以及自己生活中的一切行为。就好像您站在自己面前一样,总是能看到自己的形象,每个行为,每个动作。而您的焦虑恰恰来源于此。您不想让知觉变得盲目。于是您就让自己总是站在镜子前,张开眼睛,观看自己。但是,您马上会发现,这种知觉马上会凝结成冰。它是无法在镜子前面被观看的。试着永远不要看自己。因为,您永远无法像他人观看您那样,认识自身。那么,认识自己有什么用呢?您会发现,您不再理解,为什么您只能拥有镜子给您的那个形象。"

她呆了很久,陷入思考中。

我确信,她和我一样,在那次谈话之后,在我告诉她我精神所受的折磨之后,在那一刻,我们无法救赎的、无边无际的孤独景象在她面前展开,这幅景象如此清晰,如此令人恐惧。每一个物体的表象都可怕而孤立地存在着。在那种孤独中,如果她自己再也看不到活着的自己,她也许就再也看不到,带着自己的脸的理由。而外面的人,与她相隔,谁知道他们怎么看待她?

所有的自豪感都陨落了。

人们用眼睛观看世界,但却无法得知,其他人是如何用眼睛看待自己的。

交谈,却无法理解对方。

任何事情对自己来说,都不再具有价值了。

对自己来说,没有事物是真实的,没有人是真实的。每个人都以自己的方式去接受它,将其变为自己的一部分,来填补自己的孤独,然后使自己的生命以某种方式,日复一日地继续下去。

在她的床尾,有一副面孔被我忽视了,对她来说也很费解,我被淹没在她的孤独之中。她也沉浸在我的孤独中,在我面前,在她床上,她带着呆滞和深远的目光,脸色苍白,手肘撑着枕头,手放在凌乱的头发上。

我对她说的所有话,令她感到一种致命的吸引力,同时也有一些反感。有时,几乎是憎恶:在她如痴如醉地听着我说话的时候,我看到她眼中闪耀着憎恶。

她想让我继续说下去,告诉她我脑海中的一切:形象、想法。

我几乎是不假思索地说了出来,我的思想自己在叙述,仿佛是为了放松它紧张、痛苦的神经。

她面朝着窗子,看向世界。她认为这就是她看到的。她看到街上的人,在她视野中很小,她面朝窗子从高处望去,她的视野很宽。她切实地感受到了这种宽广,一个朋友从楼下走过,她认出了他,从高处看着他,他似乎还没有自己的一个指头大。她想要叫住他,并且问道:"告诉我,透过这个窗子看到我时,我在您眼中是什么样子?"她无法想象,无法想象那些路人脑海中的窗子,以及她正在看着他们时的形象。她应该努力摆脱自己为其他路人的真实所设定的条件,他们在某一时刻,在她宽广的视野中驻留了片刻,他们是街道上的小过客。她没有做过这种努力,因为她从未对自己的形象产生过怀疑。人们对她以及她的窗子的印象是:在众多窗户中,她的窗子那么小、那么高,她也那么小,面对窗户,在空中晃动着小胳膊。

在我的描述中可以看到,一个小小的她在高高的窗户前,在空中晃动着胳膊,笑着。

这些思绪,一闪而过。之后在小房间里,沉默重新降临。我的眼前时不时会闪现出和安娜·萝莎同住的年老姑妈的影子:肥胖、冷漠,有一双巨大、可怕的、浅蓝色的、形状奇怪的眼睛。她在门槛上站了一会儿,在昏暗的小房间中,她将苍白、浮肿的双手放在肚子上。她看起来像一个大水怪，但她什么都没说就走了。

她和老阿姨一整天都说不上几句话。她和自己生活在一起，阅读、幻想，但阅读和幻想也总是让她感到烦躁。她出门购物，见不同的朋友，但她觉得她们都愚蠢又虚伪。她以惊吓她们为乐。回到家之后，她感到疲倦和厌烦。从她突然间的动作或姿态中，人们可以看到那无法克服的厌恶之情，也许这一切得归因于她读的那些医书，她父亲是名医生，她从父亲的图书馆里找到了一些医书。她说她永远都找不到丈夫了。

我不知道她对我有什么样的看法。当然她对我抱有极大兴趣，在那些日子里，我迷失在自己的思想中，迷失在对一切事物的不确定性中。

在我身上，这种不确定性逃脱了每一个限制、每一种支撑，现在逃离了所有坚实的形式，就像大海退出了海岸。毫无疑问，这种不确定性在我眼中徘徊，这无疑吸引着她，但有时我看着她，会有一种奇怪的印象，她认为这一切很有趣。毕竟，这场景本身就很好笑，她床尾有个男人，处于一种不可思议的精神状态之中，所有一切都如此分裂，他通过斯克莱皮斯拿回了银行的钱后，他从一切事物中剥离出来，获得自由，但他甚至不知道明天要如何生活。

因为她确信，我像一个彻头彻尾的疯子，已经得到了最终的结果。这让她觉得有趣，还有些自豪，因为通过和我妻子的交谈，她猜到了我完全不是那样的人，我是一个在各方面都

第七章

不同寻常的人,在他人面前特立独行的人。所以,我们可以期待,某一天会发生一些不寻常的事。她似乎是想立即向他人,以及向我妻子证明,她对我的想法是正确的,她之前急着给我打电话,告知我他们对我的打算,然后敦促我去见主教。现在她对我很满意,看着坐在床尾的我,她看着我,安静、平静地等待着即将要发生的事,不再关心任何事或任何人。

然而,正是这样的她想要杀了我,我给她带来了满足感,引她发笑,就在这之后,为了回应我眼中痴迷的她,她转而对我产生了极大的悲悯之情,而我看着她,好像她来自一个抛弃了所有时代的、无限久远的时空。

我不知道这一切是如何发生的。当我从远处看她时,我对她说了些话,但我自己也记不清说了些什么,从那些话语中,她一定感受到了我的渴望,这种渴望使我付出了身体内部所有的生命力。我可以成为一切事物,可以成为她希望我成为的那种人,而对我自己来说,**我谁都不是,谁都不是**。我知道她在床上向我伸出了双臂。我知道她把我拉进了怀中。

不久之后,我就从床上滚了下来,什么都看不到,胸部被她放在枕头下的手枪击中。

在后面的辩护中,她所说的理由应该是事实:也就是说,这几天以来,我对她所说的那些话,让她感到了一种神秘的力量,在这种力量的驱使下,她感受到了一种本能的、突如其来的恐惧之情,于是杀了我。

第八章

第八章

Ⅰ. 法官需要时间

在一般情况下，没有人会去责备正常的司法流程太快。

负责审判安娜·萝莎的法官本性诚实、善良，他行事十分谨慎，他在搜集完数据和证据之后，需要花费数月时间才能进行所谓的事实核实。

他们把我从安娜·萝莎家送到医院后，本想对我进行第一次审讯，但是我没有办法回答问题。然而，医生同意我开口之后，我给出的答案并未使审问我的人难堪，而是让我自己感到难堪。

是这样的，安娜·萝莎的转变如此之快，她在床上向我伸出双臂，那种怜悯突然间转变为一种本能的冲动，这种冲动驱使她对我做出暴力行为。至于我，已经被她肆意的温柔所蒙蔽，我当时既没有时间，也没有办法意识到，她是如何从枕头底下拿出左轮手枪来射击我的。我觉得这不可思议，她在引诱我之后，想要杀了我，我拿出了最真诚的态度，对审问我的人，做出了我认为最可能的解释，我将其解释为一种意外，我的伤和她的脚伤一样，或许就是一个意外，因为那把左轮手枪就放在枕头底下。在她让我把她抬到床上的时候，我自己肯定不小心碰了一下，然后响起了爆炸声。

对我来说，谎言（必要的谎言）只在答案的最后一部分。对于问询我的人来说，整件事情都显得如此厚颜无耻，我受到了严厉的谴责。他们告诉我，幸运的是，他们已经拿到了伤者清晰的证词。然而我，我极力想要证明我的诚意，我很震惊，我是如此天真，怀着好奇心等待着，想看看伤者到底出于什么原因，对我实施了暴力行为。

然而，答案喷涌而来，几乎洗刷了我这张脸。

"啊，难道您只想把她放在床上坐下来吗？"

我呆在原地。

司法部门肯定已经掌握了我妻子的第一份证词，这份证词比任何时候都能完美清晰地证明，证明我爱上安娜·萝莎的久远日期。

安娜·萝莎本人向法官宣誓并保证，我并没有对她进行侵犯，而只是出于我对生命的好奇心，让她不由自主地感受到一种魅力——这种魅力深深吸引着她，以至于让她做出了那疯狂之举。如果她没有宣誓，那么法官肯定就会认为，是我对安娜·萝莎的侵犯引发了她自卫杀人的举动。

安娜·萝莎对我的想法作出了简要说明，但这位严谨的法官对此并不满意。他认为自己必须拿到更确切、更具体的信息，他想要亲自来找我谈谈。

Ⅱ.绿色羊毛毯

我是被人用担架从医院抬回家的。我已经进入了康复期,已经可以离开床了,在那些日子里,我幸福地躺在床边的沙发上,盖着一块绿色羊毛毯。

在空旷的寂静中,我如酒醉般低声絮语。春又归来,第一缕阳光的温暖给了我无法言喻的喜悦。我有些害怕从半开窗户中飘进来的澄澈清新且温婉的空气,害怕它们会伤害我,我试图保护自己。我时不时地抬起眼睛,看着三月湛蓝的天空,看着发光的云朵在上面奔跑着。

然后我看看自己的双手,它们苍白地颤抖着。我把它们放在腿上,用指尖轻轻划过毛毯的绿色绒毛。我看到了乡村:仿佛是一望无际的麦田,我抚摸着它,我能真实地感受到快乐,在这麦田之中,有一种模糊的遥远感,我感到痛苦,一种甜蜜的痛苦。

啊,我在那里迷失了,躺下,放弃,在草地中,在寂静的天空下。虚幻的蓝色充盈着我的灵魂,我的每一个思想、每一个记忆,都迷失了。

我想问:这个法官还能更不合时宜一点儿吗?

现在想想,很遗憾,那天他离开我家时以为我想取笑他。他像只鼹鼠,两只小手总是在嘴边徘徊,灰暗的小眼睛半闭着,几乎看不到任何东西。他身体瘦弱,衣着简陋,一个肩膀比另一个高,显得很笨拙。在路上,他像条狗一样,横冲直撞,尽管所有人都说,在道德上,没有人比他走得更正直。

我对于生命的思考？

"啊，法官大人，"我对他说，"请您相信我，我不能向您重复讲述这些事。看这里！看这里！"

我让他看了那条绿色羊毛毯，轻轻用手抚摸着它。

"您的职责是收集和准备明天司法部门用来宣判她罪行的材料？您跑来问我对于生命的看法，那就是她杀害我的原因？我亲爱的法官先生，如果我对您重复那些话，我担心您不会了我，反而会杀了您自己，您会为多年来行使的职责感到悔恨。不，不，我不会告诉您，我的法官大人。您最好堵上耳朵，以防听到那劫难般的可怕声音，它超出了您的底线，您作为一位严谨的好法官的底线。您知道，他们会在暴雨中崩溃的，就像安娜·萝莎小姐一样。什么劫难？大洪水啊，我的法官先生！您把洪流引入您的情感流中，引入您强加于自己的责任中，引入您的习惯中。但是，最猛烈的时候来了，法官大人，洪流溢出来了，溢出来了，扰乱了一切。我知道，对我来说，一切都被淹没了，法官先生！我跳进洪流之中，现在我在里面游泳，在游泳。您知道，我已经游很远了！我几乎看不到您了。保重，法官大人，保重！"

他站在那里，目瞪口呆地看着我，就像看着一个无可救药之人。我希望他摆脱那痛苦的状况，于是对他笑了笑。我用双手拿起盖在腿上的毛毯，拿到他眼前，优雅地问道：

"但是，真的很遗憾，这条羊毛毯在您看来，并不那么漂亮，那么绿，对吗？"

Ⅲ. 赦免

我安慰自己，我做的这一切都有利于赦免安娜·萝莎。但是，从另一方面来说，斯克莱皮斯，有好几次，他颤抖着全身的软骨，跑来告诉我，我使得我的救赎任务变得无比艰难，并且以后会更艰难。

也许我没有意识到，正在我需要证明自己头脑比所有人清晰的那一刻，我的冒险引起了爆炸性丑闻。我没有证明，妻子因为我的无礼行为而逃回她父亲家是否正确。我的妻子认为，我背叛了她，仅仅是为了让自己在那个优秀的女孩眼里有面子，我便抗议说，我不想再在这座城市中，被大家称作放贷人！出于我盲目又罪恶的激情，我坚持想要毁掉自己和其他人，尽管，这让我差一点儿就付出了生命的代价，这罪恶的激情！

如今，斯克莱皮斯，面对所有人的反抗，不得不承认我的过错，为了拯救我，他认为，除了我公开承认我的过错，没有其他办法。为了使这次忏悔不面临危险，我在忏悔的同时，必须对着我的灵魂，生动且迫切地展示出英雄式悔改的决心，只有这样才能使他重新获得勇气和力量，继续要求他人牺牲自己的利益。

他对我说的话，我只能点头同意，我并没有强迫自己去仔细观察他，他的话在很大程度上是一种辩证的论证，逐渐变得热烈，最后变成了自己的信念。当然，他显得越来越满足，但是在他内心，仍存有疑虑，他不知道自己的满足是出于一种慈善之心，还是一种精明的计谋。

他们最后讨论道，我的忏悔和自我否定将使我成为重要榜样，我将捐出一切——用我的房子和其他所有财产，用清算银行得到的钱，建立一个济贫院，并在旁边建一个厨房，常年开放，不仅为院友提供服务，也为有需要的所有穷人服务。此外，每年都为男女老少提供一定数量的衣服。我自己也住在那里，和其他乞讨者一样，享受同等待遇，睡同一张床，用同样的木碗喝汤，穿上为我这个年龄和性别的人准备的院服。

最令我失望的是，这种完全的服从被解释为真正的忏悔，我付出一切，但我不反对任何事，因为我现在与任何对别人有价值或意义的事物都相距甚远，我不仅从我自己以及我拥有的一切中绝对疏离，而且我还害怕自己仍然是某人，拥有某物。

我什么都不想要，我知道我不能再说话了。我沉默着，羡慕地看着那位面色苍白的老教士（指斯克莱皮斯），他知道自己如何能获得更多东西，知道如何巧妙地行使意志，当然这并不是为了自己的特殊利益，也不是为了给别人带来好处，而是为了给上帝之家带来好处，他是上帝最忠实和热心的仆人。

所以，他对于自己来说，**谁也不是**。

也许，这就是引导所有人变成**一个人**的路。

但这位老教士对自己的权力和知识过于自豪。尽管他是为别人而活，可他仍然为了自己而成为**一个人**，通过他的指挥和权力，通过他更加忠诚和充满热忱的态度，将自己和其他人区分开来。

因此，我看着他，是的，我仍然羡慕他，但我也为他感到难过。

Ⅳ. 没有结局

安娜·萝莎应该已经被释放了。我相信，她被释放在一定程度上得益于我。我被叫到法庭作证，人们看到我戴着个帽子，穿着木屐，以及济贫院的深蓝衣服，这在法庭上引起了阵阵笑声。

我不再在镜中观察自己，我也不再去想我的脸上和衣着上发生了什么变化。从我引起的阵阵笑声来看，我在其他人眼中的形象应该已经有了很大改变，甚至变得非常可笑。尽管他们仍然称我为莫斯卡尔达，但是现在的莫斯卡尔达对每个人来说，都有了与之前不同的含义。人们仍然可以把罪名安在那个可怜的傻子身上，那个留着胡子、笑眯眯的傻子，穿着木屐和蓝色院服的傻子，就好像那些罪名真的属于他一样。

我没有名字，今天的我记不起昨天的名字、今天的名字、明天的名字。如果名字是一个东西，是一个对我们来说外在的、概念性的东西，那么，人们将没有名字，所有一切都将散落于我们身上，没有被区分，没有被定义。好吧，众人之中我独特的名字，会被刻在石碑上，刻在照片之前，之后便无人问津了。一个名字，也仅仅是一个墓碑而已。这对死人才有用，对已经结束的人才有用。我还活着，没有结束。生活也不会结束。生活不是通过名字来认知的。这棵树，它的新芽颤抖地呼吸着。我是这棵树。树，云。明天。书或风，我读过的书，饮下的风。它们都在外面，流浪着。

　　济贫院建在村庄里，在一个有趣的地方。每天清晨，我都会出去，我想让早晨清新的空气来滋养我的精神。所有东西都好像刚刚被发现一样，它们仍知夜之寒冷，在太阳将带有湿气的呼吸晒干之前，在太阳照耀万物之前。云充满着水汽，呈青灰色，沉重地挂在天边，聚集在青灰色的山上，天空中的绿色更加广阔清晰，在黑夜中的绯红色的晕影之中。一丝丝青草带着露水，在河岸边。驴子露天待了一整夜，开始用模糊的眼睛观察世界，光线慢慢散落在荒芜的村庄，驴子从鼻子中喷出水，由近及远，然后从周围慢慢散去。在黑色的篱笆和斑驳的矮墙间，有一条车道，车辙凹凸的轨迹仍然在那儿。然而空气是清新的。所有一切，每一秒，都是它们原本的样子，它们为自己的生命活力庆幸。我马上把眼睛转开，不再停留在事物的表面和死亡，只有这样我才能活在当下。我每一秒都在重生。我避免思想重新在我身体里开始工作，再次建造一些虚空之物。

　　城市离我很远，傍晚的钟声时不时传到我的耳中。但是现在我不再从内心听到这些钟声，而是从身外。钟为它自己而鸣，也许钟是为自己而开心，在自己身体里颤抖，在燕子的鸣叫中，在满是阳光的天空中，或风雨天，它沉重地、高高地挂在钟楼上。祈祷让人联想到死亡。只要人们有生的需求，钟声就会响，但是我没有这种需求了。我每一秒都在死去，但也在新生，我没有记忆，我不活在某个身体里，而活在天地万物之间。

图书在版编目（CIP）数据

一个人·谁也不是·十万人 /（意）皮兰德娄著；许金菁译. -- 杭州：浙江大学出版社，2024.9.
ISBN 978-7-308-25248-5

Ⅰ. I546.45

中国国家版本馆CIP数据核字第2024E9E521号

一个人·谁也不是·十万人

（意）皮兰德娄　著　　许金菁　译

总策划	张　琛
责任编辑	谢　焕
文字编辑	陈　欣
责任校对	顾　翔
封面设计	violet
出版发行	浙江大学出版社
	（杭州市天目山路148号　邮政编码　310007）
	（网址：http://www.zjupress.com）
排　版	杭州林智广告有限公司
印　刷	杭州钱江彩色印务有限公司
开　本	880mm×1230mm　1/32
印　张	7
字　数	139千
版印次	2024年9月第1版　2024年9月第1次印刷
书　号	ISBN 978-7-308-25248-5
定　价	49.00元

版权所有　侵权必究　　印装差错　负责调换

浙江大学出版社市场运营中心联系方式：0571-88925591；http://zjdxcbs.tmall.com